勇敢歷險的女孩

Adventure Stories For Daring Girls

改寫 **莎曼珊・紐曼**
Samantha Newman

圖 **柯亞・黎**
Khoa Le

譯 **柯清心**

勇敢歷險的女孩
Adventure Stories for Daring Girls

改寫｜莎曼珊・紐曼 Samantha Newman
圖｜柯亞・黎 Khoa Le　譯｜柯清心

字畝文化創意有限公司
社長兼總編輯｜馮季眉　責任編輯｜戴鈺娟
編輯｜陳心方、巫佳蓮　美術設計｜文皇工作室

讀書共和國出版集團
社長｜郭重興　發行人｜曾大福
業務平臺總經理｜李雪麗　業務平臺副總經理｜李復民
實體書店暨直營網路書店組｜林詩富、郭文弘、賴佩瑜、王文賓、周宥騰、范光杰
海外通路組｜張鑫峰、林裴瑤　特販組｜陳綺瑩、郭文龍
印務部｜江域平、黃禮賢、李孟儒

出版｜字畝文化創意有限公司
發行｜遠足文化事業股份有限公司
地址｜231新北市新店區民權路108-2號9樓
電話｜(02)2218-1417　傳真｜(02)8667-1065
客服信箱｜service@bookrep.com.tw
網路書店｜www.bookrep.com.tw
團體訂購請洽業務部 (02) 2218-1417 分機1124
法律顧問｜華洋法律事務所 蘇文生律師
印製｜通南彩色印刷有限公司

2023年4月　初版一刷
ISBN｜978-626-7200-71-1　書號｜XBTH0082　定價｜500元
Copyright©Arcturus Holdings Limited www.acrturuspublishing.com
Complex Chinese translation rights©2023, WordField Publishing Ltd., a division of WALKERS CULTURAL ENTERPRISE LTD.

國家圖書館出版品預行編目（CIP）資料

勇敢歷險的女孩/莎曼珊・紐曼（Samantha
Newman）改寫；柯亞.黎（Khoa Le）圖；
柯清心譯. -- 初版. -- 新北市：字畝文化創意
有限公司出版：遠足文化事業股份有限公
司發行, 2023.04；128面；21×26公分

譯自：Adventure stories for daring girls

ISBN 978-626-7200-71-1（精裝）

873.596　　　　　　　　　112004384

目次

展開你的童話冒險！

你喜歡冒險嗎？喜歡？很好，因為你手上拿的這本書，裡頭有「多到滿出來」的冒險故事。很多人認為，要冒險就得跑到很遠很遠的地方，才能體驗到——得越過荒野、爬上高山、打敗壞蛋，而且必須在早餐前「至少」死裡逃生一次，才能算是冒險。但事實上，如果你抓到要領的話，隨處都能夠展開冒險！

以下是冒險的基本指南：

1.定出自己的任務

也許你看到有人需要幫忙？或是有個你想去探索的新地點？有個你想取得的重要物品？還是你迷了路，必須自己找到回家的路？恭喜你，你已定出你的冒險任務，可以準備進入第二步驟了。

2.踏出第一步

這可能聽起來很簡單，畢竟你只須抬起一隻腳，再把腳放下去就好了！可是，第一步其實是最重要——而且也是最艱難的，因為要踏上冒險，需要鼓起很大的勇氣。不過如果你已經下定決心、準備好要拎著一整袋食物離家冒險，那我們便可以進入第三步驟。

3.找到內心的勇氣

大家都知道冒險需要勇氣，但並不是人人都明白，我們每個人的內心其實都存在著勇氣——是真的，每個人都很勇敢！

沒有什麼比冒險更能激發我們的勇氣了，無論是抵抗惡霸、對抗可怕的怪獸，或到新的地方旅遊。有勇氣並不表示你永遠不會害怕，而是代表即使你很害怕，還是會繼續前行！

本書故事裡的女孩們來自世界各地，她們的生活環境不盡相同，卻都能勇敢堅毅的為正義挺身而出——無論是為自己，或為他人。

你準備好要和忠勇的格爾妲，並肩對抗邪惡的雪后了嗎？還是你比較想跟強悍的花木蘭，一起隨大軍出征？無論你想要什麼樣的冒險，這裡應有盡有。本書將帶你從阿爾卑斯山的村莊，越過浩瀚的深海、瘋狂的奇境，飛過奧茲國

的天空，再將你帶往俄羅斯的森林祕境，以及更多更多奇妙之地……

　　帶上所有你需要的糧食（冒險途中總要吃一些點心吧），然後找個舒適安靜的地方（冒險時最好不要受到干擾），現在，就來跟這群堅強優秀的女孩們交朋友吧！緊緊陪在她們身邊，共度她們的經歷。或許將來有一天，當你準備好的時候，也可以闖出一番自己的精采冒險！

格爾妲與雪后

改編自漢斯·克里斯汀·安徒生*的〈雪后〉

(*The Snow Queen* by Hans Christian Andersen)

*安徒生(1805-1875)，丹麥知名作家及詩人，以童話作品聞名於世。

格爾妲和凱伊是最要好的朋友，他們住在丹麥的一座小鎮裡，兩人是鄰居，而且他們的臥室窗口就在正對面，距離近到可以直接爬過去找對方。他們很喜歡在窗臺的花槽裡種花養草，還一起培育出好多美麗的紅玫瑰。他們甚至還可以一起聽床邊故事；曾經，在一個下雪的夜晚，兩人躺在床上，一邊看著外頭大片大片飄落的雪花，一邊聽著凱伊的奶奶說故事。她說，有的時候，雪花並不只是單純的雪花，而是「雪蜂」。

就像普通的蜜蜂有蜂后一樣，雪蜂也有牠們的「雪后」。雪后的外表就像人類的皇后，戴著冰製的頭冠，統治冰雪紛飛的冬天。凱伊的奶奶告訴兩個孩子，只要他們仔細搜索雪花堆得最厚的地方，便能找到雪后。

第二天，凱伊和格爾妲跟平時一樣在雪地裡玩，他們帶著小雪橇走到小鎮的廣場上，等著大雪橇經過時能拉他們一程，讓他們在路上滑得更快——這真

的超好玩的！傍晚時分，兩人知道該回家了，格爾妲直接回到家裡，喝她奶奶做的美味熱可可；但凱伊卻在假裝進屋後，又偷偷溜回廣場。

「再滑一次就好，然後我就回家。」他對自己保證。

這時，廣場上已經空無一人，只剩下月光和街燈的照明，安靜極了。當凱伊正想作罷、轉身回家時，天上竟然出現一對巨大的白色北極熊，穿過漫天飛舞的雪花衝進廣場，拉著一輛由穿著白絨大衣的女人駕駛的大雪橇。

凱伊不敢相信自己運氣這麼好！他把自己的雪橇鉤到大雪橇上，那輛大雪橇的速度極快，帶著他在滑溜溜的街道上滑行，刺激極了。凱伊在不知不覺中被拖到鎮外，之後雪橇停了下來。

女人把臉從雪橇側邊探出來，身邊都是飄飛的雪花。她長得非常美麗，還戴了一頂鑲著黃金碎片的皇冠。「剛才那一趟還喜歡嗎？」她問，聲音聽起來就像從屋頂落下的冰柱一樣清脆。

凱伊點點頭。女人微微一笑，那是凱伊見過最冰冷的笑容——卻也是最美的。「你知道我是誰嗎？」

凱伊突然想起他奶奶在故事中的描述，害怕得心一揪。「你……你是雪后！」他驚訝的深吸一口氣。

女人的笑意更深了，就像結凍的湖面上裂開的一道縫隙，一群雪蜂在她身邊嗡嗡飛繞，「沒錯。」

雪后在凱伊的額頭上吻了一下，讓他忘卻寒冷；又吻了一下，凱伊便忘了自己的家人和朋友。他拉住雪后的手，爬進雪橇，乘著雪橇離開了小鎮，將所有認識和深愛他的人通通拋在腦後。

翌日早晨，格爾妲醒來，得知了凱伊失蹤的消息。她衝到外頭，去所有平時他們會去的地方尋找，就是不見凱伊的身影。

格爾姐經過附近的小河時，有艘小船朝她漂來，停靠在她身旁的岸邊。格爾姐倒抽了一口氣，「河流先生，您知道凱伊在哪裡嗎？」

河流滾滾翻著泡沫，船隻再次撞擊河岸，於是格爾姐爬上船，「請帶我去找他！」小河快速載著格爾姐穿過大城小鎮，經過濃密的森林和白雪皚皚的山陵。格爾姐無法讓船停下，不久後就遠離家鄉，去往她從未到過的地方。

搭了將近一天的船，小船最後輕輕停在一個十分詭異的地點——這次停駐的河岸上沒有覆蓋著白雪，而是一片蒼翠的草地。格爾姐走下船，感受溫暖和煦的陽光照在她頭上，她發現自己來到了「夏之巫師」的花園。

這真是一座最美麗、繁花盛開的樂園，而夏之巫師是位非常友善、愛眨眼睛的老婆婆，從頭到腳都穿戴著鮮花。巫師熱心的歡迎格爾姐，請她吃東西、喝飲料。格爾姐正要進入巫師的小屋，忽然停下腳步，認真欣賞小屋前的一叢紅玫瑰，「這些花讓我想起我最要好的朋友，凱伊。」格爾姐說：「其實我是來這裡找他的——您有見到他嗎？」

「恐怕沒有。」巫師說。格爾姐失落的進屋後，女巫師雙手一揮，花園裡的玫瑰便全沉入地底。巫師一直很寂寞，現在格爾姐來了，她並不希望格爾姐離開。巫師在屋中請格爾姐吃可口的美食，並在食物中摻入少量的遺忘劑。格爾姐吃著吃著，很快就忘了她的家人、小鎮和凱伊——她以為自己一直都跟巫師住在一起。

格爾姐在那裡住了很長一段時間，整日在陽光下玩耍。有一天，她看到巫師帽子上有一朵紅玫瑰，就跟凱伊家種的一樣，突然她想起了一切！格爾姐沒有對巫師提起她恢復記憶的事，但是在四下無人時，她忍不住開始哭泣。她無法相信在凱伊最需要她幫助的時候，自己竟遺忘了他。

格爾姐的淚水滴在溫暖的泥土上，過了一會兒，一叢被巫師藏入地下的玫

瑰破土而出。「親愛的格爾妲，你為什麼哭泣？」玫瑰花叢問，細小的聲音像花瓣在沙沙作響。

「因為我還沒找到我朋友凱伊，我好怕他已經死了。」格爾妲哀傷的說。

「別難過，」玫瑰說：「這段期間我都待在土裡，可以看到所有死去的人，凱伊並不在裡頭。無論他現在在何處，可以確定的是他沒死。」

「噢，親愛的玫瑰花叢，我真想抱抱你！」格爾妲大喊。

「最好不要，我的刺會刺痛你。」玫瑰花呵呵笑，說：「不過你要小心我們家女主人，她把我藏起來是為了讓你忘掉凱伊，而且她還對你施了魔咒，讓你忘了自己的家。現在快走吧，去找你的朋友！」

格爾妲立刻從花園跑開，躍過圍欄拔腿狂奔，直到再也跑不動為止。她倒臥在一小片林地上，環視周遭，嚇了一大跳：原來外界的時序即將再次進入冬天——她竟然在女巫師的花園裡，待了整整一年！

這時，兩隻白鴿俯衝過來，在她面前扔下一件紅披風。「我們帶了消息給你，格爾妲。」鴿子咕咕說：「你在找的凱伊，我們在他失蹤的那晚見過他。」

格爾妲興奮的驚呼：「真的嗎？」鴿子告訴她，他們看到雪后親吻凱伊，讓他忘了格爾妲和自己的家。之後，凱伊就被帶往「拉普蘭」了。

「拉普蘭。」格爾妲輕聲的自言自語，她聽說過拉普蘭的種種故事，它在極為遙遠的北方。「我永遠也到不了那裡。」格爾妲悲傷的說。

就在這時，一頭馴鹿穿出林子跑了過來。「小裴就是從拉普蘭來的，」鴿子解釋道：「他可以帶你去。」

「謝謝你們幫我！」格爾妲喊道。她爬到小裴背上，馴鹿奔馳出發了。

　　那是一段漫長艱辛、飽受大雪與刺骨寒氣的旅程，不過，最後格爾妲和小裴還是抵達了雪后的王宮。當他們走向大門，雪蜂看見了他們，便成群擁上來攻擊。那是格爾妲遇過最強勁、最寒冷的暴風雪。

　　她和小裴逆著風雪奮力前行，來到了一片結著閃亮冰層的湖，雪后就坐在湖中心，她頭上皇冠的冰柱參差又尖銳。蜷縮在雪后前方的冰層上、看起來凍到發藍的──正是凱伊！

　　「這是最後一次機會了，凱伊。」雪后說：「如果你能解開謎題，找出我心裡想的那個詞，我就放你回家，否則你就必須永遠待在這裡陪我。」凱伊盯著刻有筆畫的冰片拼圖，不斷來回推挪、重新組合，但還是怎麼也解不出來。

　　格爾妲朝凱伊奔去，「凱伊，是我呀，格爾妲！我來帶你回家了！」她親吻凱伊的臉，一把將他抱住。格爾妲溫暖的吻融化了雪后的魔力，凱伊對著格爾妲眨眼睛，「格爾妲嗎？格爾妲！」他站起來，用盡全力抱住自己最要好的朋友。格爾妲拉起他的手，兩人轉著圈圈，好高興又見到彼此。他們在旋繞時，捲起了凱伊一直試圖重新組合的冰片。

　　「你竟敢闖入我的皇宮！」雪后大聲怒斥格爾妲：「他不會跟你走的，因為他解不出謎題。」格爾妲低下頭，發現冰片拼圖已經自行拼好了，「哦，是嗎？」她反駁說：「你想的那個詞，是不是『永恆』？」

　　雪后發出怒吼，因為她想的確實就是「永恆」，她施在凱伊身上的咒語被破解了，兩個好朋友和小裴於是衝出王宮。回家的路途十分漫長，當他們回到小鎮上，已經是夏天的事了，他們的家人都以為他們永遠失蹤了。

　　凱伊和格爾妲都比離開時長大了些，但兩人的友誼卻比以往更堅固。「格爾妲從未離棄過我。」凱伊這樣告訴每個人，而格爾妲總是報以微笑，「我以後也絕對不會離棄你。」

海蒂的新冒險

改編自喬安娜·史畢利*的《阿爾卑斯山的少女》

（ *Heidi* by Johanna Spyri ）

*喬安娜·史畢利(1827-1901)，瑞士兒童文學作家，
以生動描寫人物與風景聞名。

許多年前，有個住在瑞士的小女孩，名叫「海蒂」。海蒂是個孤兒，跟著阿姨蒂堤一起住在阿爾卑斯山腳下的小鎮。海蒂非常思念爸爸、媽媽，但她告訴自己，跟阿姨同住就是一場冒險，爸媽一定會希望她跟著阿姨好好的過日子。

　　然而，就在海蒂漸漸適應新生活時，阿姨找到了一份工作，要去大都市的漂亮房子裡當女傭。但是，雇主不允許她帶海蒂同去，蒂堤只好安排海蒂去跟爺爺一起住。

　　海蒂從沒見過爺爺，但她聽過很多關於爺爺的事，令她非常緊張。爺爺獨自住在群山中一座大山的山頂附近，因此見過他的人並不多，不過那些見過他的人，都說爺爺脾氣很壞。海蒂好怕自己要一個人困在山頂，面對一位個性凶惡的老人。

　　可怕的一天還是來了，那是個明亮美麗的早晨。海蒂和阿姨從離

爺爺家最近的村莊出發，開始往山上走，她們爬呀爬，爬到腿都痛了。海蒂這輩子從沒到過這麼高的地方，這裡的空氣都比山下清新乾爽，草地也更鮮綠茂盛。爺爺的小屋看起來很漂亮，海蒂很難相信一個脾氣暴躁的人，竟然住在這麼優美的地方——直到門突然碰的一聲打開，海蒂看到爺爺那張憤怒的臉。

爺爺想趕她們走，但蒂堤堅持要爺爺留下海蒂。她離開時跟海蒂悄聲說：「別害怕，他其實是個好人。」海蒂深深吸一口氣，「這是一場新的冒險。」

不過，海蒂訝異的發現，爺爺的小屋相當舒適，而且他雖然對蒂堤滿口抱怨，卻早已幫海蒂鋪好床了。海蒂道過謝，並喋喋不休的努力想跟爺爺聊天。爺爺不太答腔，但也沒阻止她說話。

到了中午，午餐的份量，爺爺給得很大方，還幫海蒂倒了一大杯羊奶。她覺得很好喝便稱讚一番，爺爺臉上首次露出一絲笑意。「那是今天早上，從外頭的羊身上剛擠出來的，牠們叫『小天鵝』和『小熊』。想要的話，你吃完飯可以去看看牠們。」

「我一定要去看！」海蒂大喊說。她將羊奶喝完、掃光午飯，然後幫忙爺爺打掃清理。「真乖。」爺爺粗聲說。

在廣闊的山上，海蒂得學著適應那種每踩一步就有可能跌落山坡的感覺。這些山巒實在太高了，山坡又那麼的陡！不過兩隻白山羊卻總是站得穩穩的。爺爺為海蒂介紹一名叫「彼得」的牧童男孩。「很高興你來這裡。」彼得咧嘴笑說：「我在這裡都沒有同年紀的朋友。」兩個孩子馬上就成了好朋友。

爺爺不信任學校教育，所以在家親自教導海蒂。於是，海蒂白天跟著彼得和羊群待在山坡上，夜裡則陪著爺爺——爺爺根本一點也不凶。天天喝羊奶、吃飽飽的海蒂，長得健康又強壯。

直到有一天，阿姨蒂堤來信說有人想雇用海蒂，去陪伴一名住在法蘭克

福、叫做「克拉拉」的重病女孩。海蒂並不想離開山區到大城市去，爺爺也不希望她走，但是蒂堤很堅持。

幾天後，抵達法蘭克福的海蒂，覺得自己像隻無助的兔子。都市的空氣悶熱，到處飄著嗆人的煙霧，一切都如此吵雜：人聲鼎沸，引擎隆隆響，門碰碰的摔著，犬隻吠叫——還不絕於耳。「這只是另一場冒險。」海蒂告訴自己。

海蒂要去的大宅相當陰暗，由一位叫「羅德曼太太」的苛薄管家管理，她領著海蒂去見克拉拉小姐。克拉拉比海蒂稍長幾歲，她虛弱到無法走路，只能整天躺在床上，日復一日。

海蒂覺得既寂寞又害怕，她現在可以說是形單影隻的待在這座大城裡，因為這家人根本不在乎她。儘管如此，她還是盡力陪伴克拉拉，兩個女孩很快就成為朋友。

海蒂知道克拉拉整天被困在床上，一定很難開心起來。日子一天天過去，她努力融入這個家，想成為照亮克拉拉生活的一束陽光，但當她發覺自己的世界變得愈來愈沉悶陰鬱時，實在無法再保持開朗。她想念山上的家，想念爺爺和彼得，想到心都痛了。海蒂的胃口變差，人逐漸削瘦，連臉頰上的紅潤也消失了。

一天早上，海蒂去看克拉拉時，發現她看起來很害怕。「怎麼了，克拉拉，出了什麼事？」海蒂問。

「昨天晚上我看到一隻鬼！」克拉拉悄聲的說：「它從我房門口走過，全身素白，嚇死人了！」海蒂倒抽口氣，覺得好害怕。

羅德曼太太告訴她們，沒有鬼這種東西──直到第二天晚上她自己也見到了鬼，還放聲尖叫，把全屋子的人都吵醒了！

海蒂深怕鬼會來找她，過得更加擔驚受怕，夜裡她輾轉難眠，巴不得立馬逃回山上。

後來有天晚上，克拉拉醒來，再次看到了鬼。

這回，鬼不僅經過她的門前，而且還走進她房裡。克拉拉發出尖叫，接著停下來倒吸一口氣，「海蒂，怎麼會是你！」屋裡的燈陸續全開了，大家衝進來救克拉拉，結果發現那隻削瘦蒼白、像是遊魂的鬼，其實就是海蒂。

海蒂睜開雙眼，搞不清自己怎麼會跑到克拉拉的房裡，「怎麼回事？」

「海蒂，你在夢遊，你就是那個鬼！」克拉拉告訴她。

大夥立刻把醫生找來。醫生仔細檢查海蒂蒼白的臉和睏倦的雙眼，她實在太瘦了。「這個孩子在城裡只怕是適應不良。」他告訴羅德曼太太：「她必須立刻回山上去，否則也會跟著臥床的。」

海蒂興高采烈的回到爺爺家，當她一踏上山上的草地，臉色幾乎瞬間就恢復了紅潤。經過幾天的飽餐和呼吸滿滿新鮮的空氣後，海蒂又回復成原本的自己，跟彼得在外頭奔跑追逐了。「復元得也太快了吧！」爺爺哈哈笑說。

這讓海蒂產生一個念頭，「爺爺，我覺得克拉拉應該到山上來，或許她也能變得健康？」爺爺同意試一試。於是海蒂寫信邀請克拉拉，並做好一切必要的安排：他們找來一部特殊的輪椅，讓海蒂能夠在山上推著克拉拉到處走。

克拉拉剛到時，有點緊張。

「就把這當做一場冒險吧。」海蒂說，克拉拉笑了。

正如海蒂所想的，克拉拉慢慢愛上了這裡的一切——山上的村落、花朵、山羊，甚至是海蒂的爺爺！她跟之前的海蒂一樣，在山上的空氣和健康食物的照料下，身體愈來愈強壯了。

海蒂和克拉拉兩人形影不離到彼得都開始嫉妒了；他寧可回到只有他和海蒂在的時候，希望他們能像以前一樣，自己去玩就好。

有一天，海蒂和克拉拉坐在爺爺屋子旁的草坡上，摘花朵、聊著天。克拉拉的輪椅擺在稍遠的地方，於是彼得偷偷溜到輪椅邊，把輪椅往山坡下一推，

然後就躲到樹後面去了。海蒂看到輪椅往山下衝時，她跳起來想伸手攔住，但已經來不及了。輪椅飛快的往岩石撞上去，斷成了碎片。

「我的椅子！」克拉拉哭道。海蒂為她的朋友感到難過，沒有輪椅，克拉拉哪裡都去不了。

彼得對自己的行為感到非常羞愧，哭著跑回家了。

後來，爺爺將克拉拉抱回屋裡，放到一張扶手椅上，他告訴女孩們，也許現在該讓克拉拉回家了。「不要！」克拉拉說：「我才不要離開。我現在強壯多了，你們看！」她把自己撐起身後鬆開手，單靠雙腳站著──雖然有點搖晃──接著她踏出一步，再踏出一步。「克拉拉，這真是太棒了！」海蒂歡呼說。

翌日早上，彼得用車子推著所有輪椅的零件碎片來到小屋，他怯生生的坦承自己做的事，並向克拉拉道歉。「可是彼得，是你幫了我呀。」克拉拉說：「現在我能走路了！」

彼得、克拉拉和海蒂花了很長時間，學習如何修復輪椅，並協助克拉拉康復到能夠再次行走。當克拉拉的奶奶到訪時，看到她的小孫女快樂又健康的走來迎接她，吃驚得不得了。

海蒂、克拉拉和彼得成了一生的朋友，從此，他們無論去哪裡或做什麼，都喜歡把一切視為嶄新的冒險！

愛麗絲漫遊奇境

改編自路易斯·卡洛*的《愛麗絲漫遊奇境》

（*Alice's Adventures in Wonderland* by Lewis Carroll）

*路易斯·卡洛(1832-1898)，英國兒童文學作家、數學家、邏輯學家、攝影家。

從前，有個名叫「愛麗絲」的女孩住在英格蘭鄉間。夏季末的某天，她跟姊姊去散步，姊妹倆走了好長一段路後，坐到河岸上各自讀著自己的書。愛麗絲對書上內容很感興趣，可是讀著讀著，卻因一陣窸窸窣窣的聲音分了神。她抬起頭，驚訝的看到一隻穿著漂亮外套的白色兔子，從她身邊匆匆經過。

突然看到不是寵物的白兔就已經夠詭異了，更別說那隻白兔還穿了衣服！接著，愛麗絲嚇得連下巴都要掉了，因為她竟然聽到兔子開口說話！

「噢，天啊，我遲到太久了。」白兔煩躁的說。他從外套口袋掏出一只小小懷錶，檢查時間，然後搖搖頭，繼續奔走。

「哈囉！」愛麗絲對白兔喊道，但兔子根本不理她，直直的跑進樹林裡。愛麗絲心想，「這兔子到底是參加什麼遲到了？」她忘了自己還在看書，七手八腳的站起來，連忙去追兔子。

　　終於，愛麗絲再次看到了兔子，他鑽進兩棵樹之間、一個相當大的兔子洞裡。愛麗絲跪下來，把頭探進兔子洞，但裡頭太暗，什麼也看不到。這個洞真的很大，大到足以讓她爬進去了。愛麗絲慢慢往前爬、再往前爬，「哈囉，兔子先生？」她喊道，卻還是沒有得到回應。

　　她繼續前進，在黑暗中瞇著眼睛。突然間，她手底下一空，整個人往前跌了出去，滾進一片黑漆漆的空間裡。最後，她重重摔在地上，「碰！」

　　愛麗絲來到一個奇怪的廳堂，廳堂兩邊排列著許多不同形狀和大小的門。有的門大到能讓巨人通過，有的則小到連愛麗絲的鞋都擠不進去。但她依然到處都看不到白兔的身影。

　　愛麗絲找到一個跟自己個頭差不多的門，她試著將門打開，門把卻一動都不動；鎖死了。她將大廳裡的每一扇門全試過一遍，但門通通上鎖了。接著她看見地板上有把鑰匙，便拿去試開每一道門，終於將一扇門打開了。不過那扇門太小，愛麗絲沒辦法鑽過去，儘管她已經把自己蜷成一個小球，還憋了氣。

　　這時，她發現一旁的桌上，有個裝滿粉紅色液體的小玻璃瓶，瓶子上的標籤寫著「喝下去」。愛麗絲聳聳肩，拿起瓶子頭一仰，一口喝光了。她的身體隨即開始縮小，直到她剛好能穿過那道門！

　　愛麗絲跑進門，發現自己來到了戶外。她順著一條草徑走，接著看見一個非常奇異的景象：有個戴著大禮帽的矮小男人，坐在一張擺滿東西的大桌旁，身邊坐了一隻野兔，而一個擺在他們之間的漂亮瓷茶杯裡，蜷著一隻睡眼惺忪的睡鼠。看到桌邊還有許多空位，愛麗絲走了過去，坐到其中一張椅子上。

　　「沒有空位，沒有空位啦！」瘋帽客和三月兔大聲喊著，要趕她走。

　　「明明還有很多、很多的空位。」愛麗絲皺著眉頭說。

　　「好吧，既然都來了，不妨你來解個謎語。」瘋帽客說。

愛麗絲覺得很開心，她喜歡謎語。「請說。」

「烏鴉為什麼喜歡書桌？」瘋帽客問。

愛麗絲拼命想，卻想不出好的答案。「我不知道。」她說。

「我也不知道。」三月兔咯咯笑。

愛麗絲覺得他們在捉弄她，很不高興。「浪費時間問這種連你們都不知道答案的謎題，到底有什麼意義？」

「時間！」瘋帽客大喊：「別跟我談他，我們幾個月前吵過架，所以時間一直停在六點鐘。」

「所以我們才會被困在這場永無止境的茶會派對裡。」三月兔說。

「沒錯。」睡鼠睏乏的說。

愛麗絲站了起來，「這是我參加過最愚蠢的派對，本姑娘要走了。」

她繼續前行，來到一座有著一排排玫瑰花叢的花園，並驚訝的發現，那些站在花園一側、拿紅色顏料去塗白玫瑰的，竟是個頭跟她一樣高的活紙牌人。

「快點，」其中一名紙牌人嘟嚷說：「紅心王后隨時會駕到，她最討厭白玫瑰了。」另一名紙牌人點著頭，匆匆塗著顏料，「要是紅色才行！」

愛麗絲還沒機會問他們到底是怎麼回事，就聽到喇叭聲響起，接著一隊詭異無比的遊行隊伍，便繞進了花園。隊伍中有更多紙牌人，還有許多動物——包括剛剛她在找的那隻白兔——隊伍的最後是國王和王后，他們全身穿著布滿心型圖案的紅衣。「那一定就是紅心國王和紅心王后了。」愛麗絲心想。

突然間，王后停下腳步，怒視著剛剛被刷上紅色的玫瑰，顏料從花瓣上滴到了地面。「這是誰弄的？」她問。負責刷顏料的紙牌人不安的挪著腳，「呃，是我們弄的，王后陛下。」

「砍掉他們的頭！」王后大聲喊道。

接著她看見愛麗絲，「你又是誰？」

「我是愛麗絲。」愛麗絲答道。

「陪我打槌球。」王后說。

「我不是很會玩。」愛麗絲才開口，王后便罵道：「砍掉她的頭！」

「我是說『好啦，我會試試看。』」愛麗絲很快的補充說。

她跟著王后來到槌球場，卻失望的發現這片草地坑坑疤疤的，一點也不平整。他們交給了她

一隻火鶴當球棍，還有一隻被用來當做球的刺蝟。

這球根本不能打。火鶴不停縮起脖子，刺蝟則不斷逃跑，而且沒有半個人照順序來！愛麗絲放棄了，開始跟柴郡貓聊天；這隻奇怪的動物，看起來就像一頭虎斑貓，卻能任意消失，從他的尾巴到咧開微笑的大嘴，漸漸不見。

突然，一名紙牌人衝進球場裡大喊：「審判時間到了！」

「什麼審判？」愛麗絲問。其他人都中斷了球賽，衝出花園。愛麗絲聳聳肩，跟著眾人來到法庭。法官正是紅心國王，他走進來時，白兔吹響了喇叭。

「歡迎來到紅心騎士的審判法庭。」國王說。騎士在法庭前縮著身子。

審判開始時，愛麗絲尷尬的覺得自己的身體又開始變大了。

「喂，別再長了，你把所有空氣都吸光了。」她身旁的睡鼠犯著睏嘀咕。

「每個人都會長大。」愛麗絲不甩的說：「我又沒有辦法控制！」

「高個子女孩，到證人席來。」紅心國王喊道。愛麗絲不懂他們幹麼傳喚

她，她以前又沒見過紅心騎士，不過還是起身配合。在去證人席的途中，她不小心撞翻了陪審席，害席裡的動物跌向四面八方。「唉呀，對不起！」她說。

「夠了。」國王敲著小木槌說：「你必須為這項罪名離開法庭。」

「什麼罪名？」愛麗絲問。

「長太高。」國王回答說。

愛麗絲受夠了在這奇怪的世界裡，被人呼來喚去。「那是什麼蠢規定？」她說：「我哪兒都不去！」

「你竟敢頂撞我？」國王大喊：「給我閉嘴！」

「才不要，」愛麗絲說：「這整個地方簡直蠢爆了，這場審判也是。我敢打賭，這位騎士從來沒碰過那些餡餅。」

紅心皇后猛然站起來，「我相信餡餅一定是你拿的！」她大聲喊著：「我饒恕騎士了。現在，把她的頭給我砍了！」

紙牌人怒氣沖沖的朝愛麗絲走去，雖然被團團圍住，愛麗絲卻不覺得害怕。「哼，你們只不過是一堆紙牌，」她說：「根本不能把我怎麼樣！」所有紙牌人群起圍攻，朝她臉上撲去。愛麗絲一邊揮手趕開他們，一邊哈哈大笑……

然後她張開眼睛，發現自己躺在河岸上，姊姊正在幫她撥掉落在臉上的葉子。愛麗絲坐起來，「我剛才在作夢嗎？」

「是啊，有好一會兒了。」姊姊笑說：「整個下午都被你浪費了。」

「我可不這麼認為。」愛麗絲想起自己在奇異世界裡的種種冒險，以及她在被那些對她頤指氣使的人圍繞時挺身而出，大聲為自己抗辯的情形，她忍不住的笑了。

雅典娜的智慧大考驗

改編自古希臘神話

很久很久以前，有個女孩叫「雅典娜」，她冰雪聰明又有智慧，而且十分勇猛驃悍；她出生時便握著一把長槍，從小就可說是戰無不勝。雅典娜在整個古希臘世界裡，無人不知、無人不曉，因為她不是一般的女孩，而是希臘的智慧與戰爭女神，父親是眾神之王及天空之神，宙斯。她和父親，與其他神祇一起住在一座名為「奧林帕斯山」的巨山山頂，他們的神殿高聳雄偉，直入雲間。

雅典娜雖深受山下人間的尊敬崇拜，但是對其他諸神而言，她只是一個家族中的年輕女孩。就像所有平凡的家族一樣，雅典娜和家人之間也會吵架——她與伯父波賽頓就經常起爭執。波賽頓是海神，性格好強又反覆無常。

那時的希臘並不是單一的國家，而是由許多島國所組成。那裡雖然美麗，住起來卻也相當危險，存在於各處的怪物，總想著要捕捉或欺騙人類。不過如果人類運氣夠好，奧林帕斯山的諸神就會保護他們，免於受到怪物傷害。

有一天，眾神集合在神殿中，一個純白、被大理石柱圍繞著、敞向明亮藍天的房間裡，底下的雲朵在山坡滾滾飄動，遮住了這座神殿，山下的凡人根本無法看到。

宙斯坐在桌子的主位，他寬碩的肩膀上閃著藍色電光，嗞嗞作響。雅典娜則身穿白色長袍，呆坐在房間另一頭，後悔自己沒能挑個離伯父波塞頓遠一點的座位，因為他全身都散發出魚腥味。

信使之神荷米斯報告說，在海岸邊，有個位於高丘上、正在成長的新興之城，叫做「衛城」。據說那裡的國王凱克洛普斯，想把它打造成世間最美的城市。

宙斯大手一揮，撥開神殿下的雲層，眾神隨之往下望。雅典娜看到了那座城市，果然很美，城裡有著閃閃發亮的白色石殿、高塔和道路，整座城俯望著波光粼粼的蔚藍大海。雅典娜喜愛美麗的事物，因此當宙斯宣布這座新城需要一位守護神時，她立即站起來毛遂自薦。討厭的是，波賽頓也想要這份差事。

「這座新城在擴展時，需要良好的指引。」雅典娜說：「他們應該向我尋求指導。」

「胡扯，」波賽頓揮著他的三叉戟，罵道：「你有什麼指導，是我們其他諸神給不了的？我比你年長，對凡間的見聞比你多，況且這座城就在海邊，本來就該歸我管。」

雅典娜當面嘲笑她伯父說：「你不能因為人家位於海邊，就說是你的。整

個世界都在天空底下，你難道希望宙斯說，全世界都是他的嗎？」

宙斯聽了若有所思，雅典娜很快抬起手，大笑說：「現在別跟我爭辯啊，父親。」宙斯對女兒寵溺一笑，他很享受他老哥被雅典娜的聰慧激怒的樣子。

波賽頓滿臉怒氣的跳起來，「那座城是我的，為了爭奪它，必要的話，我不惜跟你一戰！」雅典娜則鎮定的面對伯父，「我相信沒有那個必要。我們去問問人們，看他們想要誰來守護城市。」

波賽頓憤憤的瞪了她一會兒，接著自信滿滿的說：「好！」之後便消失在漩渦裡。雅典娜翻了翻白眼，離開眾神會議，使出神力來到衛城。她出現在城門前，來到波賽頓身旁──波賽頓早已嚷嚷著，叫國王凱克洛普斯出來談話。

可憐的凱克洛普斯王，被這兩位爭執不休、非要他選邊站的天神給嚇壞了。他知道沒被選中的那位天神，必然會非常生氣，沒有凡人想惹怒法力無邊的天神啊！「親愛的海神與女神，兩位如此看重我們的意見，實在令我受寵若驚。」他客氣的在他們面前行禮，「可是我們實在無法選出偏好的神。或許擁有神力和智慧的兩位能自行決定，該由誰來擔任我們的守護神？」

波賽頓氣恨的怒視著雅典娜，「好，那就開戰吧。」

雅典娜冷靜的調整頭盔，舉起長槍，「你確定要為此跟戰爭女神開戰？」

波賽頓舉起他的三叉戟，「絕對確定。」

　　然而，雅典娜看到凱克洛普斯匆匆退回城市牆圍後的安全地區，也看到那裡的人們往外張望，個個面色驚惶，以及他們周圍每一塊被仔細、辛苦堆砌起的磚塊。她知道她不該讓這座城冒著被摧毀的風險，而天神之間的戰爭，往往破壞力極強且十分漫長。

　　雅典娜當然不畏懼與伯父對戰，但她思考著，有沒有更好的方式……「等等，」她用宏亮的聲音對伯父說：「我有別的點子。」

　　「哈！」波賽頓吼道：「你果然會怕！」

　　「我一點都不怕。」雅典娜淡淡的說：「不過要選出最能守護這座城市的神，最好的選擇方式，也許是為這裡的人們做點什麼。我們必須送人民一份禮物，一份對他們有用的贈禮，然後由他們決定誰的禮物最棒，誰就有資格來當他們的守護神。」

　　波賽頓哈哈笑，「很好，那就比送禮物。不過你必須明白一點，身為長輩，我的法力遠比你強大。」他大步走到衛城的頂端，那邊有棟白色建築，在豔陽下閃著光。波賽頓揚起三叉戟，奮力將一端擊向地面，地面登時裂開，一道水柱噴出，在空中畫出高高的弧線。

　　所有人民爆出歡呼，凱克洛普斯國王也跟著拍手叫好。沒有人見過如此美麗的景象，而水是非常珍貴的禮物！城市要拓展興盛，就不能沒有水。雅典娜皺著眉，看民眾一擁而上，在水中嬉戲。也許是她低估了她的伯父？

　　一名小女孩捧著手，接水來喝，卻在下一秒把水吐了出來！「唉呀，好鹹！」女孩叫說。女孩的母親也試著喝了一點，她瞪大眼睛，「是海水！」

　　氣氛瞬時丕變。人們知道他們沒辦法飲用海水，或用海水清洗衣服，突然間，這份禮物變得沒什麼用處了。凱克洛普斯國王仍客氣的對波賽頓行禮，不想得罪海神，波賽頓則自信滿滿的接受他的道謝。

輪到雅典娜了。她深思熟慮，希望自己的智慧能幫助到她。她跪在地上，開始刮著土地。

「我的侄女，你在做什麼？」波賽頓得意的笑著，「想挖個洞躲起來嗎？就算失敗也不必那麼羞愧嘛，我只會拿這件事笑你一、兩個世紀而已。」

雅典娜只是微微笑著。她把某個東西放進剛才挖的淺坑，用土蓋起來，接著站起身往後退開。一會兒之後，一株綠苗出現了，小苗以不可置信的速度長大、變粗並變成棕色，直到人們看出那是一根樹幹。枝椏不停長出、嫩葉快速攤展，還可以看到樹枝間垂著綠色的小果子。

「是橄欖樹！」凱克洛普斯王大聲喊說。城裡的人們擠到樹邊，歡聲雷動。他們都知道橄欖樹是最有用的植物：他們可以吃橄欖，或將橄欖榨成油，樹幹可以做為柴薪生火，樹葉也能在炎熱的夏日為大夥遮陽。

很明顯的，比賽結果是雅典娜贏了。凱克洛普斯王在她腳邊彎下身，感謝她贈與的禮物，並請她擔任他們的守護神。這座城將以她命名，他們會在城裡為她打造一座敬拜她的神殿。

雅典娜謙和的接受了，但還是忍不住對她伯父露出得意的笑容。波賽頓氣到渾身發抖。他痛恨失敗，但連他都看得出來，雅典娜的贈禮顯然高明許多。

忐忑不安的凱克洛普斯國王不敢得罪海神，因

為波賽頓主管的海域就在城底的山腳下。他跪在波賽頓面前，「我的天神，我們也會為您打造一座神廟，每天供奉您。」波賽頓草草點一下頭，「你最好做到。」他再次怒瞪著雅典娜，「若是真的開打，我一定會贏。」他罵道，然後就消失在海水的漩渦裡了。

雅典娜搖搖頭，默默的微笑著。她知道不只腦力，自己憑戰力也能擊敗波賽頓，而且相信不久之後，她就必須再次向伯父證明自己。

就這樣，雅典娜成了「雅典城」的守護女神，她守望著這座城市經過許多試煉，成為我們今天所知道的傳奇之城。

桃樂絲的奧茲歷險記

改編自法蘭克·包姆*的《綠野仙蹤》
（ *The Wonderful Wizard of Oz* by L. Frank Baum ）

* 法蘭克·包姆(1856-1919)，美國作家、演員、報紙編輯，
《綠野仙蹤》是他最知名的童書作品。

從前從前，有個叫「桃樂絲」的小女孩，跟她的叔叔亨利、嬸嬸愛姆以及小狗托托，一起住在遼闊荒涼的堪薩斯草原上。那裡只有連綿千里的農地，桃樂絲經常覺得日子有點無聊。有一天，一場龍捲風橫掃大草原，桃樂絲和家人連忙衝下樓，想躲到安全的避風地窖裡。

就在桃樂絲手忙腳亂、正要爬下地窖的階梯時，她聽到托托在屋子裡吠叫。「我不能丟下托托！」她大聲喊著衝回去，發現小狗躲在床底下。桃樂絲試著哄牠出來，就在這時，龍捲風襲來，房子被捲入空中！桃樂絲害怕極了。

一陣混亂之後，房子終於重重落地，明亮的陽光從窗口灑了進來。桃樂絲跑到門邊將門打開，結果竟然看到外頭景色一片秀麗！那裡有青綠的草地，高大的樹上滿是在啾啾鳴唱的小鳥，還有鮮豔的花朵，和一條淙淙而流的小溪。桃樂絲立即意識到，自己已經不在堪薩斯州了。接著她看到三個很矮的男人和

一名嬌小的女士，正朝房子走來，滿面笑容的對她揮手。

他們向桃樂絲介紹自己是善良的北方女巫和矮人，北方女巫解釋，他們是前來致謝的，謝謝桃樂絲殺了東方的邪惡女巫，讓他們的人民獲得自由。桃樂絲聽得一頭霧水，告訴他們，她沒有殺害任何人，他們便帶她去看被她的房子壓死的東方女巫。女巫全身都被壓住，只露出了穿著銀鞋的雙腳。

桃樂絲不安的問他們這是哪裡，以及她要如何才能回家。北方女巫告訴桃樂絲，唯一的辦法就是循著黃磚路，一路走到翡翠城，請奧茲大巫師幫忙。她摸了摸桃樂絲的額頭，施加讓她免於受到邪惡巫術侵害的魔法，然後把東方女巫的銀鞋送給她穿，解釋說：「這雙鞋擁有法力，雖然從來沒有人知道究竟是哪一種魔法。」桃樂絲謝過他們，然後穿上銀鞋，沿著黃磚路出發，托托快步的跟在她身邊。

途中，桃樂絲遇到了三個奇怪的傢伙——一個沒有腦袋的稻草人、一個沒有心臟的錫人，還有一隻膽小的獅子。他們三個也想請奧茲大巫師幫忙解決他們的問題，就像桃樂絲希望巫師能協助自己回家一樣。於是他們加入了桃樂絲的行列，一起朝著翡翠城前進。

最終，一夥人抵達了閃閃發亮的綠色翡翠城，求見奧茲巫師，結果出現了一顆巨大、表情嚴肅、飄浮在空中的頭顱。巫師聽完他們的請求後，用宏亮的聲音說：「你們得先擊敗西方的女巫，我才會幫你們完成心願。去完成任務後再回來吧！」桃樂絲與她的朋友們於是離開了翡翠城。

「可是，從來沒有人能夠打敗西方女巫。」獅子怯怯的說。

「我們可以辦到的，」桃樂絲說：「畢竟我曾經不費吹灰之力，就擊敗了奧茲國的一名女巫。要打敗另一個，能有多難？」

一群朋友出發前往西方女巫的城堡，卻不知女巫早已盯上他們；女巫雖然

只有一隻眼睛，卻能看得跟望遠鏡一樣遠。「這些闖入者是誰？」她喃喃說。

女巫派出手下飛天猴去追殺他們。猴群從空中俯衝下來，擄走了所有人，還抽掉稻草人的草，把錫人丟到石頭堆裡，摔得他全身都是凹痕，最後把獅子和桃樂絲擄回女巫的城堡裡。西方女巫看到善良的北方女巫留在桃樂絲額頭上的標記，知道自己無法傷害女孩，便決定把桃樂絲留做囚犯。

女巫將桃樂絲關在籠子裡，逼她打掃城堡。女巫看到桃樂絲穿的銀鞋，想要占為己有，一直在等待偷鞋的時機，但桃樂絲覺得鞋子很漂亮，從不肯把鞋子脫掉，於是女巫想出了一個辦法。

她在廚房地板上放了一根鐵條，然後施咒將鐵條變成隱形。當桃樂絲走過

　去，腳下一絆，其中一隻鞋便從她腳上脫了下來。女巫咯咯一笑，接住鞋子。

　女巫耍的手段讓桃樂絲很不高興，她提起一桶水往女巫身上一潑，大叫：

「你竟然敢偷我的漂亮鞋子？」被水潑中的女巫發出尖叫，接著開始融化。

「你怎麼會知道我的祕密弱點是水？」女巫哀嚎，慢慢消失於無形。

「我……並不知道啊！」桃樂絲驚呼。但在過了一會兒之後，

她高興得跳了起來，「我們辦到了！」她和獅子逃出城堡，找

到稻草人，把他的稻草都塞回去，然後從石頭堆裡
扶起錫人，幫他把所有凹痕都敲平。

　　大夥跑回翡翠城，衝進奧茲大巫師的接待廳，
「我們辦到了！我們打敗邪惡的西方女巫了！現在你
能幫我們了嗎？」

　　「不行。」巫師說。桃樂絲聽到後生氣的跺腳，一片布幕
倒了下來，出現一名正對著麥克風說話的矮老頭，「我無法實現你——噢。」
男人頓住，大夥全瞪著他看。

　　「你就是奧茲大巫師嗎？」桃樂絲問。男人的臉一垮，「呃，是，也不
是。我只是一個從俄亥俄州來的劇團人員，以前我會乘著我的熱氣球，四處到
鄉間的遊樂會表演，可是有一天，我被風吹遠了，結果降落在這裡。這裡的人
都以為我是巫師，而我從來沒有糾正他們，可是老實說，我根本就沒有魔法。
拜託了，別把我的祕密告訴任何人！」

　　「可是，那我們的願望……」桃樂絲難過的說。

　　不過，巫師其實已經知道，稻草人是有腦袋的，只是這可憐的傢伙自己還
不知道罷了；而錫人也有顆心，獅子也很有勇氣，他們只是未能感覺到而已。
如果他能設法讓他們明白，那麼他們的願望就都能實現了。

　　巫師在稻草人的頭頂割開了一個小縫，倒入許多別針和細針，再將開口縫
合，說道：「這樣你就能變聰明了。」接著，他打開錫人鎖上鉸鏈的胸膛，
在裡頭擺入一顆用絲布縫製、填滿木屑的心。最後，他給了獅子一小瓶「勇
氣之水」，讓獅子喝下去。桃樂絲的朋友全都樂呵呵的：稻草人覺得自己變聰
明了，錫人感受到了愛，獅子覺得自己有勇氣能迎接任何挑戰。他們向巫師道
謝，謝謝他送的禮物。

　　巫師的目光轉向桃樂絲，「你知道嗎？我也覺得我該回家了。俄亥俄州和堪薩斯州距離並不遠，或許我們可以一起搭我的熱氣球飛回去？」巫師拖出他的舊熱氣球，做了一些修補後，開始點火充氣，但就在桃樂絲要爬進籃子時，托托從她懷裡掙脫，去追一隻小貓了。

　　桃樂絲無法將托托丟在奧茲國，便追了過去。

　　「桃樂絲，熱氣球不等人哪！」巫師喊道，氣球已經開始往空中飄了。當桃樂絲終於抓住托托、跑回氣球邊時，已經太遲了，氣球已高高飛入空中，漸漸被風給帶開。

　　「噢，不！」桃樂絲大喊，淚水在眼中打轉，「現在我永遠被困在這裡了！」雖然她很愛她的新朋友，但她更想念亨利叔叔和愛姆嬸嬸。

　　就在這時，善良的北方女巫出現了。她問桃樂絲為何哭泣，桃樂絲跟她說明緣由後，女巫笑了，「我一直在幫你尋求解方，結果發現那雙銀鞋便能帶你回家：只要把鞋跟互敲三遍，再說出想去的地方，你就能直接被送往那裡。」

　　「噢，謝謝你！」桃樂絲大喊。她擁抱所有她的新朋友，答應永遠不會忘記他們。接著她抱起托托，深深吸一口氣，然後邊併著腳跟敲三下，邊說道：「堪薩斯，愛姆嬸嬸和亨利叔叔的家。」隨後就被吹上天空，彷彿被帶回龍捲風的中心。最後桃樂絲重重落地，四下環顧，她發現自己又回到大草原上了！暴風已經過去，而她的家就在那兒，跟以前一模一樣。

　　「托托，我們回家了！」桃樂絲緊緊抱著小狗，一看到愛姆嬸嬸從屋子走出來，她便衝上去抱住嬸嬸。桃樂絲知道自己會想念她在奧茲國的朋友們和刺激無比的冒險，可是沒有任何地方，能夠比得上自己的家！

勇渡大湖_的席妮莫亞

改編自紐西蘭原住民毛利族的傳說

在古老的「白雲之鄉」奧特亞羅瓦，住著一名叫「席妮莫亞」的女孩，她是毛利部落的酋長「烏姆卡利亞」的女兒，所有族人都非常疼愛她。席妮莫亞與族人住在羅托魯瓦湖的湖畔，那裡原始又充滿未知，不過席妮莫亞並不打算仔細去探索。她知道自己未來的人生安排，也很樂於認命：將來，她會嫁給另一個部落酋長的兒子，並搬去與他們同住，因此現在，在出嫁之前，她只想好好享受跟家人相處的時光，安穩的生活在湖邊。

廣闊的羅托魯瓦湖中央，有一座叫「莫科亞」的島，島上住了另外一個部族。有一天，莫科亞島上的族人來到湖岸邊參加大型集會，他們全到了席妮莫亞部落的集會大廳「馬拉埃」集合。在那裡，兩個部落分享食物、交換故事並一起跳舞。席妮莫亞在跳舞時，看到一位站在大廳角落、長相極為英俊的男孩，她心想，自己在之前的集會上，怎麼會沒有注意到他呢？當席妮莫亞對他

微笑時，男孩也報以微笑，他整張臉都明亮了起來，就像是被陽光照亮一樣。席妮莫亞發現自己不自覺的朝他走了過去。

「你好，席妮莫亞。」男孩說。席妮莫亞皺皺眉頭，「你認識我嗎？」

男孩笑說：「你是酋長的女兒，是你們部落的公主，我當然都知道你是誰啊，美麗的席妮莫亞。」

席妮莫亞臉紅了。一來是因為對方稱讚她漂亮，二來則是因為她並不知道男孩是誰，覺得自己有點失禮。「很抱歉——我不記得你的名字。」她坦承。

「你不知道的事，當然無法記得了。」男孩說：「我是圖塔涅凱。」

兩人四目相接，席妮莫亞覺得自己都快飛起來了。「原來這就是一見鍾情。」席妮莫亞看著男孩，滿腦子只有這個念頭。

「圖塔涅凱，」她重複說著：「很高興終於認識你了。」

兩人在整個聚會期間，一直談天說笑，就像是從小就認識的青梅竹馬。當兩邊的部落道別時，席妮莫亞悲傷到說不出再見，她目送圖塔涅凱搭的獨木舟划回莫科亞島，心中流過一股暖流，因為她知道自己已經找到真命天子了。她還沒有把這件事情告訴任何人，因為她知道圖塔涅凱不是酋長之子——她不想聽任何人提醒她，公主不該嫁給平民。

兩部族約定再次聚會時，席妮莫亞興奮到前一晚失眠，在莫科亞島的獨木舟啟航前，便早早跑到湖邊去等著。當她看到圖塔涅凱上岸，心跳落了一拍。這回，圖塔涅凱帶了他的木笛到聚會上吹奏，席妮莫亞從未聽過如此美妙的音樂。

後來，他們一起溜出集會廳外，席妮莫亞向圖塔涅凱表達愛意，而圖塔涅凱表示自己也愛著她。「要我是酋長之子就好了，這樣我們便能成婚了。」圖塔涅凱嘆氣說。

　　「我們會結婚的。」席妮莫亞堅決表示。圖塔涅凱一臉懷疑，「你父母不會容許吧？」他說：「要是我娶了高貴的公主，我們族人也會不高興的。」

　　「我們去跟他們談一談，」席妮莫亞仰頭說著：「我們可以說服他們的。」於是這對年輕的情侶，當天便一起跑去問兩族的酋長。

　　席妮莫亞表達兩人的心意後，她的父親悲傷的看著女兒，「很抱歉，席妮莫亞，但那是不可能的。就算圖塔涅凱是個好人，他將來也不會成為酋長。」席妮莫亞的眼睛閃閃發光，「我不在乎！我永遠無法像愛圖塔涅凱那樣去愛別人。」她父親嘆了口氣，「就算這樣還是不可能。」

　　圖塔涅凱的酋長也說：「我同意，這樁婚姻是不可能的。」圖塔涅凱回答：「我娶她不是為了地位，我愛的是席妮莫亞這個人，並不是因為她是酋長的女兒。」圖塔涅凱的酋長看看小倆口，露出沉痛的笑容，說：「也許你們確實是真愛，但我們還是無法改變規定。好了，圖塔涅凱，你該回去了。」

　　圖塔涅凱被綁上一艘獨木舟載走，留下席妮莫亞在岸邊哭喊。烏姆卡利亞酋長下令，把部落所有獨木舟都從湖邊移走，以免席妮莫亞試圖到莫科亞島去。

　　那晚，月亮和星光照著大湖，席妮莫亞望著莫科亞島，她知道自己無法遵從家人的意思，等待嫁給某位酋長的兒子了。她真心思慕著圖塔涅凱，只要想到自己也許再也見不到愛人，她的心都碎了。

　　就在這時，席妮莫亞聽到悠悠的笛音，輕輕從平靜的湖面吹送而來——是圖塔涅凱，他在吹

他曾為席妮莫亞演奏的那一首曲子！席妮莫亞閉上眼睛，隨著樂聲盡情想像，想像圖塔涅凱就在她身旁。她待在岸邊，聽著音樂持續演奏，直到黑夜漸漸轉成灰白色的清晨。自此之後的每個晚上，席妮莫亞都會溜到湖岸望著莫科亞島，聆聽飄過大湖而至的美妙笛聲，那是她深愛的人為她送來的訊息。

直到某個深夜，席妮莫亞再也無法忍受了，她的心因迫切渴望圖塔涅凱而作痛。「如果我沒辦法划獨木舟，那我就游向他吧。」席妮莫亞對自己說。

席妮莫亞一生都住在羅托魯瓦湖邊，她知道要游過這座大湖有多困難。與她同部落的孩子全都會游泳，可是席妮莫亞向來比較喜歡划船或在岸邊玩水，從未認真游過泳。不過現在，她決定訓練自己的泳技，因此，一連好幾個星期，她天天早起到大湖游泳，每天愈游愈遠，直到成為部族裡最好的泳將。

但席妮莫亞依舊很擔心自己是否能游完全程，她想如果能弄到一些幫助漂浮的東西，這樣她游累了，就可以稍作休息了。她在自己小屋外的地上找到一些挖空的葫蘆，是族人平時當水瓶用的。她取了幾個葫蘆，用細藤綁到衣服上，然後游進水中，葫蘆如她所願漂了起來。

就這樣，她靜靜划著水，漸漸游離岸邊，一輪銀月高掛空中，有圖塔涅凱的笛音指引著，她很清楚自己該往哪去。

席妮莫亞這輩子從沒這麼拼命游泳。她游了很長一段時間，一次次看著升起的月亮再次沉落。湖中波浪十分強勁，她好幾次感到筋疲力盡，但圖塔涅凱的笛音仍繼續引著她往前游。

最後，在耗盡所有力氣後，席妮莫亞終於抵達了莫科亞島。她喘著氣，渾身顫抖著撲倒下來。她知道圖塔涅凱就在附近，但她再也動不了了。

莫科亞島的岸邊，有幾池由地下啵啵冒出的溫泉，席妮莫亞爬進其中一池溫泉，讓溫熱的水撫慰她疲累的身體。她在溫泉中思索，如何在不驚動其他族

人的情況下，找到圖塔涅凱；一旦被人發現，她一定會被送回家的。

這時，一名僕人來到池子邊。原來是圖塔涅凱派僕人來取水，好讓他繼續在山丘上為席妮莫亞吹奏笛子。僕人拿著挖空的葫蘆——跟席妮莫亞游湖時用的一樣——來裝水，當他靠近時，看到有人坐在其中一片池裡，「請別在意我，」他說：「我只是來這裡幫圖塔涅凱取水而已，取好水，我就會離開。」

僕人把葫蘆按進水裡時，席妮莫亞一拳擊在葫蘆上，將它弄破。

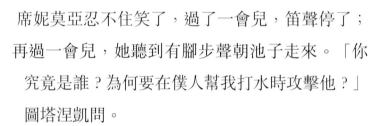

「你在幹什麼？」僕人生氣的大喊：「你給我等著，我要去告訴圖塔涅凱。我才不管你是誰！」僕人匆匆走開了。

席妮莫亞忍不住笑了，過了一會兒，笛聲停了；再過一會兒，她聽到有腳步聲朝池子走來。「你究竟是誰？為何要在僕人幫我打水時攻擊他？」圖塔涅凱問。

席妮莫亞這才從池裡爬了出來，與她心愛的人重聚。圖塔涅凱看到她，便將她緊抱在懷裡。

接著兩人一起去幫席妮莫亞找了些乾的衣服換上。

隔日朝陽升起，莫科亞島的人發現了席妮莫亞，圖塔涅凱於是告訴大家她勇渡大湖的事。

酋長若有所思的說：「看來你們的愛比部落的規定更強大；如果連大湖都不能拆散你們，那我們肯定也無法阻擋你們的愛。」於是他親自駕船，送圖塔涅凱和席妮莫亞到湖的彼岸。席妮莫亞焦急的家人一直在尋找她的下落，而在她的父母聽完這個故事後，也對女兒的愛情表示同意了。

從此，多虧有席妮莫亞過人的勇氣與毅力，她和圖塔涅凱過上了幸福快樂的生活。

蝴蝶女孩奇玫迪耶

改編自南美洲原住民提庫納族的傳說

很久以前，有個叫「奇玫迪耶」的小女孩，她跟家人一起住在亞馬遜雨林的一片空地上。又寬又急的亞馬遜河，滔滔流經他們家的空地，並蜿蜒綿長的流入大海。

奇玫迪耶的家族成員非常多，他們住在位於空地中央的一間大長屋裡。每天晚上，大夥會聚在一起吃飯、聊天、入睡。白天裡，每個人則各自忙碌；年紀較長的會到森林裡狩獵捕魚，奇玫迪耶和其他小孩會幫忙做家事，或到菜園裡除雜草。按規定，小孩子是不許進入森林的。

「你有可能一下子就迷路，再也找不到路回來。」奇玫迪耶的母親告誡她：「而且啊，森林裡有好多的猛獸和惡魔。」雖然奇玫迪耶平時很聽媽媽的話，但她也常偷偷望向森林，希望能瞧見猛獸或惡魔之類，令人感到興奮刺激的東西。

有一天，她坐在大長屋外編籃子，一隻漂亮的大藍閃蝶在她面前翩然飛舞，陽光在蝴蝶豔麗的翅膀上閃動著。「你看起來好神奇啊。」奇玫迪耶對著飛舞的蝴蝶，喃喃說：「我真希望自己能像你一樣！」

蝴蝶在空中旋轉，彷彿很高興，接著拍著翅膀，飛向空地外圍跟森林的邊界。奇玫迪耶邊追著蝴蝶，邊呵呵笑著揮動雙臂，直接把她的籃子忘在地上。

蝴蝶繼續飛舞，穿越兩棵大樹之間，鑽過藤蔓底下，再繞過一片矮樹叢，然後飛過一根倒下的樹幹。奇玫迪耶跟在後頭，試圖模仿蝴蝶飛舞的姿態。

突然，蝴蝶越過藤蔓後消失不見了。奇玫迪耶眨眨眼睛，彷彿剛從一場夢中醒來，她這時已經跟著蝴蝶來到森林深處了——她根本不知道回家的路該怎麼走！

「媽媽！爸爸！救命啊！」她大喊：「我是奇玫迪耶，我迷路了！救命啊！」可是都沒有人來找她。

奇玫迪耶極力忍住慌張心情，「也許我可以找到一條路回去。」她對自己說，並開始向前走。

過了一會兒，她聽到清晰響亮的敲擊聲，「也許有人在森林裡工作？」她滿懷希望的向前探，結果發現只是一隻在啄樹的啄木鳥而已。

「如果你是人

類，一定可以告訴我回家的路。」奇玫迪耶嘆了一口氣。啄木鳥生氣的看著她，「我不必是人也能告訴你。」

他罵道：「我很清楚你住在哪裡。」

奇玫迪耶雙手合十，「那能麻煩你帶我回去嗎？」

「當然不行，我忙得很。」啄木鳥扭過頭面對樹幹，「你們這些討厭的人類，以為我們在這兒就得替你們服務。我跟你一樣重要。是你自己迷路的，所以你要自己找路回去。」

奇玫迪耶繼續走著，心裡很不自在，她本以為會遇到猛獸，卻不知道原來森林裡的動物，都覺得人類自大又自私。她邊走邊聽到其他動物的低語，有些動物哀嘆人類砍倒了他們樹上的家，有些則說人類獵殺了他們的親人。「我從來不知道這些……」奇玫迪耶心想。

她不停的走，還是不知道家在哪個方向，而她已經開始餓了。這時，一群蜘蛛猴爬到她上方的樹林摘水果，其中一隻掉了一顆多汁的果實，奇玫迪耶便撿起來吃掉了。「假如我跟著這群猴子走，至少就不會挨餓了。」她告訴自己：「猴子一向知道要上哪去找水果。」於是她決定跟著猴群，撿拾掉落的水果。太陽開始落下，奇玫迪耶依然不知道該怎麼找到回家的路。

她聽到森林裡的夜行性動物紛紛醒來的聲音，內心愈來愈害怕。「不過猴群知道要如何避開豹，保持安全。」她喃喃說：「我觀察他們在哪睡覺，也跟著睡在那裡吧。」

就這樣，奇玫迪耶在漸漸消失的天光中，繼續跟著猴群在森林裡穿梭。等太陽完全沉落後，她看到猴群開始從樹上爬下來，吃驚的發現，當那些猴子一落到地面，竟然

就變成了人類！

「奇玫迪耶，怎麼會是你！」一名猴人用友善的聲音說：「你在這裡做什麼？」奇玫迪耶急忙找話回答：「我，我追著蝴蝶，然後就迷路了，現在我找不到路回家。」

另一名和善的猴婦人對她微笑說：「別擔心，我們明天會送你回家，今晚你就跟著我們吧。我們現在要去參加一場慶典，是猴王邀請我們去的。」

「噢，謝謝，謝謝你們！」奇玫迪耶鬆了一大口氣，她終於得到幫助了。這群猴人帶著奇玫迪耶出發，不久，他們來到一間大長屋，裡頭用大木條做的火炬照明。

以人形現身的猴王坐在長屋中，當他看到奇玫迪耶時，皺起了眉頭，「人類，你為什麼會出現在我的慶典？」

「是我們邀請她來的。」猴婦人說。猴王聽後，嘟囔了幾聲便不再說什麼，但他一點也不像其他猴人那麼友善。

後來，愈來愈多的猴人抵達，他們都以人的姿態行走，許多猴人還戴上了木製的猴面具，或用黑色塗料畫在臉上。他們全都開心的彼此打招呼，一起飲酒作樂。

猴王站起身，「跳舞的時候到了。」他宣布。於是，有的猴人開始擊鼓、搖鈴，有的猴人唱著歌、吹笛子，剩下的則一個個開始跳起舞來。

奇玫迪耶膽怯的站在一旁，雖然她不太敢加入他們，但還是覺得很神奇。「他們的慶典就像我們在家舉行的一樣。」她心想。

猴人就這樣持續跳了好幾個小時，之後大家累了，便紛紛摸回自己的吊床上過夜。猴婦人在自己的吊床邊，幫奇玫迪耶也弄了一張小吊床。

奇玫迪耶爬上床，想著她在森林裡這奇異的一天。她試著入睡，可是旁邊的猴王鼾聲如雷，吵得她睡不著。她躺在漆黑中，聽著猴王打呼，竟聽到猴王喃喃的說著夢話！她於是好奇的豎起耳朵。

「我要吃掉奇玫迪耶，我要吃掉奇玫迪耶……」猴王在睡夢中一再的說。奇玫迪耶在黑暗中瞇著眼，看到猴王身上布滿黑色的斑紋，漸漸從人形變成一頭豹——原來他根本不是猴子！

害怕的奇玫迪耶，靜悄悄的從吊床上溜了下來，抓起一枝火炬，逃進樹林裡，盡可能遠離那頭豹。直到曙光開始穿過樹葉時，她才停下來休息。

奇玫迪耶還是不知道自己在哪裡，而且她非常疲累，內心又很恐懼，「這裡每個動物，似乎都想傷害我。」她說。

「現在你明白我們對人類是什麼感覺了吧？」聽到一個細小的聲音說，奇玫迪耶抬起頭，看見棲在她頭頂樹枝上的大藍閃蝶。

「又是你！」她喘著氣說：「是你帶我到這裡的！」

「是你自己為了好玩才跟著我的，」蝴蝶說：「不過我想你已經學到很多關於森林的事了，小女孩。森林比你們人類的世界大得多，這裡的每個動物都有自己的生活、欲望和需求，不會總是按照你們的想法行動。」

奇玫迪耶點著頭，「森林是我們共享的，不能任由人類隨意濫用。」

蝴蝶拍著翅膀，「沒錯。我想你現在該回家了，跟我來吧。」

蝴蝶以奇玫迪耶前所未見的速度，快速拍動翅膀，發出無比豔麗的藍光。奇玫迪耶感覺自己的身體不斷的縮小，當她往下一看，發現自己的臂膀不見了，取而代之的是兩片美麗的藍色翅膀。「我也是一隻蝴蝶！」她開心喊道。

蝴蝶帶引她穿過森林、越過寬大的河流，來到她家的空地上。「這太好玩了！」奇玫迪耶說：「真希望我能永遠是蝴蝶！」

　　「你屬於你的家人，奇玫迪耶。」蝴蝶説：「但你曾經是我們的一分子，希望你能把這座森林放在心底，善待我們動物。」

　　奇玫迪耶降落到地面，接著立即變回人形。「我會的。」她向蝴蝶保證。

　　從此，奇玫迪耶總會警惕自己和家人，尊重與他們共享森林家園的動物。

伊蓮娜與神奇寶箱

❈ ❈ ❈

改編自羅馬尼亞民間傳說

在羅馬尼亞鄉間的一棟小屋子裡，住著女孩伊蓮娜和她的父親。伊蓮娜的心地善良，人又非常勤奮，她的父親卻個性軟弱，事事都仰賴女兒幫他做決定。平時就由伊蓮娜一人照顧著父親、打理家裡。

父女倆這樣生活了許多年後，伊蓮娜的父親再婚了。一開始伊蓮娜還很高興的歡迎繼母和與自己同齡的新妹妹安卡，希望能和她變得像親姊妹般親近。

不過，伊蓮娜的繼母可不這麼想……她使喚伊蓮娜做所有的家事，還不斷對她做的每件事挑三揀四；而安卡連半根指頭都不用動，就能獲得母親不停的稱讚。伊蓮娜為家裡每個人料理三餐、清洗碗盤，還要打掃整間屋子、劈柴、照顧他們飼養的動物、洗衣服……可是對繼母來說，她做得永遠都不夠。

「我的早餐都涼啦。」一天早上，伊蓮娜花了大半天的時間，終於幫安卡編完漂亮的辮子、來到餐桌邊時，繼母就對著她抱怨。

「這叫乾淨嗎?」繼母嗤鄙的說。那時伊蓮娜正在刷地板,試圖清掉安卡早上散步時,帶進屋裡的泥土。

「洗我的衣服時,別那麼粗手粗腳。」看到伊蓮娜在洗衣服時,繼母罵道:「那些衣裳很精緻的,別把它們當成你那些破爛的舊衣服洗。」

伊蓮娜聽到這些話後,簡直氣炸了。她為了父親,盡力想要融入這個新家庭,可是現在她再也受不了了。她轉過身對父親說:「父親,我已經盡力了。安卡能不能也分擔一點家事?」

「安卡為這個家做得太多了。」繼母說:「她是這陰暗世界的一道明光,你就別抱怨了。」而伊蓮娜的父親只管縮在自己的椅子上,緊張的看著妻子。

這時壁爐的火熄了,「我不去取木柴了。」伊蓮娜說:「安卡也得幫忙。」

「上次是我拿的。」安卡坐在椅子上,懶洋洋的說。

「不,才不是!」伊蓮娜大喊:「你自從來了之後,連柴房都沒去過!」

「別再把安卡辛苦工作的成果攬到自己身上了,伊蓮娜。」繼母罵道。

「真是辛苦你了,安卡。」伊蓮娜的父親囁嚅的說。那是壓垮駱駝的最後一根稻草,伊蓮娜大步走了出去,重重摔上身後的家門。

「他們不在乎我,」她心想,「我必須離開這個家。」於是她沿路走了好長一段時間,直到看到一座無人照料的噴水池,連出水口都被落葉給堵住了。

「年輕女孩,如果你現在能幫幫我,我以後一定會報答你。」噴泉用像小鈴鐺的聲音說。伊蓮娜從沒遇過會說話的噴泉,但生性善良的她不忍拒絕,她跪了下來,幫忙清除所有落葉,並把池子刷洗到晶亮。看到漂亮清澈的水湧出,伊蓮娜知道自己幫了一個大忙。

她繼續前行,發現了一個破舊的烤爐。烤爐很髒,而且都是破洞。「拜託

你幫我修理一下好嗎？」烤爐問：「我以後會報答你的。」於是伊蓮娜清除了爐上所有陳年油污，並幫忙修補破洞。

接著她繼續走呀走，來到一片美麗的草地，地上開著漂亮的野花，其中還有昆蟲和小鳥在四處跳動。一位老婦人穿過草地時看到伊蓮娜，對她揮手說：「小女孩，你在找什麼？」

「我被迫離開家，」伊蓮娜悲傷的解釋說：「我的繼母整天逼我工作，還把一切歸功給什麼都沒做的繼妹。我不怕吃苦，但我希望能在一個認可我的地方工作。」

老婦人笑了笑，「我是自然女神。你今天若肯幫我，我明天一定會讓你獲得豐厚的報酬，這樣可以嗎？」

伊蓮娜難以置信，但還是點點頭，「可以的。您希望我幫您什麼？」

女神指向草地外圍的樹林，那裡有一棟大石屋，「我的那棟房子裡，有許多孩子需要人看顧，可是我今天得出門去照顧我的草地和森林。我需要你協助那些孩子洗澡、吃飯，並在我回家時幫我備好晚餐。你能辦得到嗎？」

「沒問題。」伊蓮娜熱心的說。「太好了。」女神說：「孩子們現在正在屋外玩耍，你可以在院子裡的浴缸裡放水，然

後把他們叫到你身邊。謝謝你，伊蓮娜。」女神轉過身，繼續穿越草地。

　　伊蓮娜走向那棟巨大的石屋，她匆匆進入院子中，找到一個巨大的浴缸，按女神吩咐的在裡頭放水。然後她拉開嗓門喊：「孩子們！該洗澡囉！」隨即傳來一陣巨響，伊蓮娜吃驚的看著龍和各種野獸，不斷湧進院子裡。他們玩得全身都是泥巴。「這些就是女神的孩子嗎？」伊蓮娜倒抽了一口氣。

　　其中一條龍爬進浴缸裡，等伊蓮娜幫他抹肥皂。伊蓮娜拼命按耐住恐懼，費了一點時間——這些孩子實在很愛玩水——幫在場的每隻野獸都洗好澡。

　　接著她帶他們進屋，並做了一個她生平做過最大的派！孩子們把派掃個精光，開心的發出吼叫。伊蓮娜趁他們吃派時，還幫女神做了第二個較小的派。

　　等女神回來時，她真的非常滿意。「你把我的孩子們照顧得很好，伊蓮娜，謝謝你！」女神高興的大聲說：「現在請你上樓去挑一個箱子，帶回你父親家裡，我跟你保證，狀況一定會因此改善的。但有個條件：你必須回到家才能把箱子打開。」

　　伊蓮娜爬上陡峭的樓梯，看到幾十個木箱，有些看起來非常精緻、布滿珠寶。但她覺得自己不該拿那麼好的東西，便挑了一個最簡陋、最舊的箱子，並在謝過女神之後就離開了。

　　回家途中，伊蓮娜覺得疲累，還又餓又渴。她忙著幫野獸和女神做派，結果自己連一口飯都沒吃！不過，在她經過稍早那個烤爐時，烤爐烤了可口的蛋糕給她吃，表示對她的感謝。伊蓮娜心懷感激的吃了幾個蛋糕，直到肚子不再咕嚕亂叫。接著她來到噴水池，噴水池在池邊擺了兩個銀色高腳杯，邀請伊蓮娜喝水，她愛喝多少都可以盡量喝，直到她不再口渴為止。

　　伊蓮娜回到家，父親從屋子裡跑出來迎接她，「伊蓮娜，我好想你啊！」他大聲喊著：「我真希望當初沒讓你走。讓你一個人那麼辛苦，是我錯了。」

伊蓮娜緊抱住父親，向他解釋自己去了哪裡，又為何會拖著一個箱子回來。父女倆一起打開箱子，結果竟跑出了成群的牛、羊、豬和馬。「天啊，我們發財了！」父親大喊：「謝謝你，伊蓮娜。你真是個聰明又勤奮的女孩！」

伊蓮娜的繼母生氣地瞪著那群動物，卻說不出話，因為她無法否認，伊蓮娜確實做到了一件很棒的事。

「哼，如果伊蓮娜能找到這種東西，我一定可以找到更好的。你們等著瞧吧。」安卡說。「是啊，說得好，安卡。」安卡離開家時，繼母說：「你一定能輕鬆打敗伊蓮娜，就像平常那樣。」

安卡沿同一條路走著，經過堵塞的噴水池，噴水池懇求她的幫忙，她卻不肯理會──安卡這輩子從來沒有清理過任何東西，當然現在也不想！她也沒有理會壞掉的烤爐；就算曉得如何修理，她也懶得幫忙。

安卡也在草地上遇見了女神，女神給了她跟伊蓮娜相同的工作。安卡以前不曾幫別人洗過澡，所以在她幫龍和野獸泡澡時，把水放得太燙，孩子們都被燙傷，痛得哀哀叫，一個個逃跑了。安卡聳聳肩，「算了，那就繼續髒兮兮的吧。」接著她開始煮晚飯，卻把每樣東西都煮焦了，害孩子們全沒了胃口。

女神回到家，看到安卡做的事之後，她一樣請安卡到閣樓挑一個箱子帶回家。安卡一下就挑中那個看起來最大、最豪華的箱子，她擔心女神會突然改變心意，便一把抱起箱子就跑了。

安卡回到家後，母親開心的迎接她，「我的寶貝安卡帶著真正的財富回來了！」安卡趕緊打開箱子，竟然竄出了一隻非常憤怒的三頭巨龍。安卡和她母親被巨龍一路追趕，逃向遠方，在那之後，就再也沒人見到她們了。伊蓮娜和父親，從此過著幸福快樂的日子。

天鵝公主奧黛特

改編自柴可夫斯基*的《天鵝湖》

(*Swan Lake* by Pyotr Ilyich Tchaikovsky)

*柴可夫斯基(1840-1893)，俄羅斯浪漫樂派作曲家，
以芭蕾舞劇《天鵝湖》、《睡美人》、《胡桃鉗》聞名於世。

從前，有個女孩叫做「奧黛特」，她住在廣大魔法森林邊界的一棟小屋裡。那座森林由邪惡的法師羅斯巴特統治著，但喜愛探索的奧黛特不畏危險，常帶領一群朋友四處冒險，發掘森林裡最深層幽暗的祕密。

有一天，奧黛特和她的朋友們來到一片詭異而安靜的湖泊。她們以前從沒到過這麼遠的森林深處，其他女孩覺得害怕，想要回家，奧黛特卻完全被水晶般清澈的湖水吸引住了。那天非常炎熱，她們又走了很遠的路，使得輕拍岸邊的湖水看來如此誘人。奧黛特不想回去，堅持把腳泡在清涼的水裡。

這時，在湖岸的樹上，有隻貓頭鷹一直在觀察她們。貓頭鷹急拍著翅膀，從樹枝上飛下來，化身成一名男人。奧黛特嚇得倒吸了口氣——是羅斯巴特，人盡皆知的邪惡法師！他雙手一揮，將奧黛特和她所有朋友都變成了天鵝。

「哈，現在你們被永遠困在湖上了。」他哈哈大笑，「這是我的湖，沒有

經過我的允許，任何人隨意使用這座湖，必會被我詛咒。你們白天是嘎嘎亂叫的天鵝，晚上則會變成可悲的人類，無論白天飛到哪裡，到了夜晚，便會神奇的回到這裡。唯一破解詛咒的辦法，就是有個從未戀愛過的人，發誓永遠愛著奧黛特。」

奧黛特因牽累朋友一同遭受可怕的詛咒，驚恐又自責。夜裡，當她變回人形時，她對朋友們說明了自己的計畫。

每天，這群天鵝會盡可能的飛離森林，並想辦法在天黑、被魔法拉回湖畔前，引誘某個人類跟隨她們回來。她們日復一日的嘗試，卻總是失敗。

與此同時，在附近一座宏偉的城堡裡，可憐的齊格菲王子正被強迫要趕快成婚。

「你現在是個男人了，」他的母后說：「該為自己找個新娘，安定下來了。」

「但我還沒遇到我想要娶的人。」齊格菲抗議。

「重點不是你想不想，」母后嚴肅的說：「而是你必須成婚。我們明天會舉辦一場皇家舞會，你得從我邀請的女

孩子當中，挑一位當新娘。」

母后的話令齊格菲很反感，他的朋友班諾試圖逗他開心，便指著一群繞飛在他們頭上的白天鵝，提議去森林裡打獵。兩人於是抓起各自的弓，出發去追天鵝了。天鵝快速飛到森林裡，他們也跟著衝進去，盡全力的追著。後來陽光漸漸暗去，班諾決定放棄，逕自回家去了，留下齊格菲獨自窮追不捨。

在空中，天鵝奧黛特看到太陽就快要下山了。「快點，快點啊。」她催促朋友們說：「我們得快點趕到湖去。」昏暮垂落後，齊格菲來到寂靜的湖邊空地，他看見那群天鵝降落在平靜無波的大湖，便揚起弓來。但他驚訝的發現，其中一隻天鵝竟朝他直直游了過來，接著在隱幽的微光中，幻化成一名貌美絕倫的少女，她身上的衣服就跟天鵝羽毛一樣高雅。齊格菲震驚的垂下弓箭。

「請別射殺我和我的朋友！」奧黛特請求著。

「我不會的。」齊格菲保證說：「但你們怎麼會既是天鵝，又是人類？」

奧黛特嘆了口氣，向他解釋魔咒的事。齊格菲很高興能遇見這樣一位有趣的女孩，但在聽到她的命運後，齊格菲感到十分駭然。「有什麼辦法能破解這道魔咒嗎？」他問。

「只有一個辦法，」奧黛特坦承的說：「必須有個從未戀愛過的人，發誓會永遠愛我。」

「然而這件事你自己卻無能為力。」齊格菲想到母親對他下達的命令，「我大概能體會那種感受。」

頓時，羅斯巴特以貓頭鷹的姿態飛到空地上，然後化為人形。「你是誰？你想把我的天鵝怎麼樣？」他大聲斥問。

齊格菲皺起眉頭，「他就是那個對你施咒的法師嗎？」他問奧黛特。

「就是他。」奧黛特面露哀傷的回答。齊格菲再次揚起他的十字弓，「那

麼我就殺了他，還你自由。」

羅斯巴特發出怒吼，奧黛特則大喊：「不行！」然後擋在齊格菲和羅斯巴特之間，「如果羅斯巴特在咒語破解之前喪命，那詛咒就永遠無法解開了！」

羅斯巴特仰頭大笑，「沒錯。不過，反正你本來就解不開詛咒的，親愛的奧黛特。」說罷，邪惡法師便離開了。奧黛特和她的朋友們害怕的看著齊格菲手上的弓。齊格菲拿起弓，在膝上把它折斷兩段，天鵝少女們才鬆了口氣。

「嗯，你一定知道這些女孩們希望什麼。」奧黛特誠懇的說：「她們希望你能成為那位拯救我們的人，不過我覺得能擁有一位新朋友，已經很好了。」

奧黛特的真心令齊格菲感動不已，他知道，若能有擺脫既定命運的辦法，自己一定會用雙手緊緊抓住。

齊格菲和奧黛特挽著手走進森林裡，就像老朋友一樣，天南地北的聊著。在旁人看來，他們很明顯已經墜入愛河了。時間轉瞬即逝，黎明之時，幾束天光射穿樹林，奧黛特一下就從齊格菲身邊被帶回了湖上，再次變成一隻天鵝。

返回皇宮後，齊格菲怎麼也忘不了奧黛特。翌日，奧黛特的身影成天在他心頭縈繞不去，讓他愈來愈害怕面對晚上的舞會。之前，他壓根不想結婚，但現在，他只想娶奧黛特。不過，儘管害怕，齊格菲還是穿著體面的，準時出現在皇家舞廳中，迎接所有母后邀請來的女孩。齊格菲幾乎不肯正眼看她們，直到他聽到有個聲音說：「請容我向您介紹奧黛特。」

齊格菲立刻轉身，看見自己終日思念的女孩，正對著自己微笑。「奧黛特！」他大喊一聲，握住女孩的手，「母后，我想娶的就是這位女孩。我答應我會永遠愛你，奧黛特。」齊格菲的母后十分高興，奧黛特的父親看起來也很開心，他站在一旁，用一隻手攬住女兒的肩膀。

可是齊格菲並不知道，他看到的女孩根本不是奧黛特……

　　這時的奧黛特正在湖裡游來游去，等待著太陽下山，她整日不停的想著齊格菲。太陽落下的瞬間，奧黛特拔腿就跑，前往皇宮的路途很遠，森林裡又到處都是野狼之類的野獸，她和朋友們從來不敢在黑暗中離開湖邊太遠，可是，她現在管不了那麼多了。她躍過橫倒的樹幹，低頭躲開想攫住她頭髮的樹枝，轉身閃避一頭急奔的雄鹿，躲開一頭四處徘徊的大熊，不停拼命的奔跑。

　　月亮高升時，奧黛特終於抵達了皇宮，卻發現城門鎖住了！她連忙繞到皇宮側邊的窗口，看到齊格菲正抱著另一名看起來跟她一模一樣的女生！齊格菲身邊的那名男子，雖然施了喬裝的魔法，但奧黛特知道，他就是羅斯巴特。

　　奧黛特用力捶打窗戶，呼喊齊格菲。她一再猛力敲著，直到將玻璃打碎，接著慌忙的爬進舞廳，所有人轉身瞪著她。「齊格菲，是我呀，奧黛特！那女孩是假冒的。」奧黛特喊道：「我愛你！」齊格菲則遲疑的問：「她是假冒的？」

　　「她不是日落前就到這裡了嗎？」奧黛特說。齊格菲一驚，立刻放開冒牌奧黛特的手，女孩的臉立即起了變化，露出真面目——原來是羅斯巴特的女兒，歐德蕾！羅斯巴特也卸下喬裝，對齊格菲大喊：「離我的天鵝遠一點！」

　　齊格菲和奧黛特向彼此奔去，「我發誓會永遠永遠愛你，奧黛特。」齊格菲說。「而我是你第一個愛上的女孩。」奧黛特微笑著回應。之後他們一起離開了舞會，騎上齊格菲的馬，消失在漆黑的森林裡。

　　兩人騎著騎著，直到太陽升起，奧黛特驚喜的發現，自己並沒有變成天鵝。他們來到湖邊，看到其他正在等候奧黛特的天鵝。看到奧黛特以人形出現時，她們放聲高叫，興奮的拍著翅膀，而當奧黛特和齊格菲接吻時，所有天鵝也都跟著變回原本的少女了。

　　奧黛特和齊格菲從此過得幸福而快樂。奧黛特也學到了教訓，再也不莽撞的到處亂跑——不過她和齊格菲從未停止過冒險。

小美人魚麗奇

改編自漢斯・克里斯汀・安徒生的〈小美人魚〉
（*The Little Mermaid* by Hans Christian Andersen）

曾經，在深海有個人魚國，人魚國王共有六個女兒。他極力保護她們遠離水面和人類的世界，但他最小的女兒麗奇，對外界卻充滿了好奇。她想看看用怪怪的雙腿走路、有著乾燥飄逸頭髮的人類，想看看人類在大洋旅行時駕駛的大船，和休閒時所用的小船。她想見識陸地是什麼模樣！

有一天，麗奇擅自溜到水面，她瞧見一艘大船，便游近去看個究竟。她看到船上一名戴著金冠的男子──那是人類的王子，他是麗奇生平見過最完美的「東西」。

麗奇看得神魂顛倒，沒注意到海浪開始翻湧，也颳起了大風，暴風雨已經悄然來襲。大船像一片海藻似的，被浪濤打得東倒西歪，最後撞上了附近的岩石，船底被撞出一個大洞，海水於是灌了進去。麗奇看到王子在海浪裡載浮載沉時，她害怕得就快喘不過氣。

　　麗奇根本來不及思考，她像海豚鑽過魚群似的，快速朝船游了過去。王子閉著眼睛，動也不動的往海底沉，麗奇張開手臂抱住了他。她著急的帶著王子游往岸邊，從海浪底下鑽出來，把王子從水裡推到沙灘上。王子依然緊閉著眼，彷彿睡著了。麗奇回到海裡觀察著，希望能有人過來找到王子。

　　不久之後，三名婦女匆匆奔到岸邊，她們拍著王子的背部，圍著他忙成一團，直到王子張開眼睛，咳出一大灘水。

　　麗奇聽到王子告訴婦人，他是位航海探險家——發現王子跟她一樣愛冒險，麗奇覺得開心極了。她游回家時對自己說：「我必須想辦法再見到他。」麗奇覺得她看到了自己的未來，那就是跟著王子一起探索人類的世界。她好奇著，不知道跟人類一起住在陸地上的，都是哪些奇怪的動物？雖然聽說過許多

傳聞，但她真的希望能夠親眼看看。

回到人魚國後，麗奇思索著下一步，經過多日她終於想起，聽說有位海巫婆，曾經和人類一起在陸地上行走過。海巫婆住在海底最深處、一個安靜無聲的洞穴裡，而洞穴位於人魚國的邊境。麗奇不知道該怎麼去，但她知道是大概在東方，於是朝著每天早晨太陽升起的地方出發。游了好幾天，就在她筋疲力盡、躺在岩石上休息時，麗奇看到了一群海豚。

海豚是人魚的好朋友，喜歡唱歌、說故事，也喜歡談牠們到過的地方和遇見的水手。麗奇很享受向海豚學習人類的一切，她急迫的想見到人類，探知水上的世界！海豚與麗奇分享食物，並試圖說服她，當人魚比當人類更有趣，但最後牠們敵不過麗奇，還是告訴了她海巫婆洞穴的方向。

遇見麗奇令海巫婆很訝異，怎麼會有個公主跑來探訪她？而在聽到麗奇想做的事情後，她簡直驚呆了。「我確實能給你兩條腿，如果那是你的心願。」海巫婆輕聲說：「可是麗奇，你必須了解，所有魔法都有代價。為了擁有兩條腿，你必須犧牲別的東西——犧牲你的聲音。」

麗奇嚇了一跳，「永遠嗎？」

「有可能。」海巫婆嚴肅的說：「你說你是因為愛上一名人類才要這麼做，所以只要這個人吻了你，你就能重獲聲音。但還有一個問題：你無法反轉這道魔法，回復你原有的人魚尾巴，除非你們兩人結婚。你們若結了婚，便能選擇要一起住在陸地上或住在海裡；可是，如果你們沒結婚，你就會永遠被困在陸地上。」

「為了王子，要永遠住在陸地上也值得。」麗奇笑說。

「好吧。」海巫婆說：「喝下這個藥水，你就能變成人類了。」

麗奇一口氣喝下發著光的藥水，感覺尾巴和喉嚨竄起一陣發麻，接著她被

一道神奇的光包圍，等光消失後，她的魚尾巴已經變成了兩條人類的腿。麗奇發現自己無法再在水中呼吸，便趕緊踢著水，往水面游去。海巫婆陪著她游往水面，這隻年邁的人魚指著海岸的方向，「快，趁體力還沒耗盡之前趕快游過去。」

麗奇試圖向巫婆道謝，卻說不出話來，於是她對巫婆微笑，以示感激。

一會兒之後，麗奇來到幾天前，她與王子分開的沙灘，她用她新生的腳踩在沙上，那感覺好奇怪。麗奇搖搖晃晃的走了幾步後，開心的看到王子本人正朝她走了過來。

王子看到她時，大聲喊道：「你剛從海裡上來嗎？」

麗奇點點頭，面帶微笑。

「去游泳呀？」王子問：「我很怕海，幾天前我差點在海裡淹死。奇怪的是，我有種感覺我好像應該跟你道謝——雖然我們以前應該沒見過面！」

麗奇搖搖頭。

「我是艾米爾王子。你叫什麼名字？」

麗奇只是再次微笑，然後聳聳肩。

艾米爾哈哈笑，「你願意陪我散步嗎？就算不說話，有人作伴也很好。」

於是兩人一起散步，麗奇感受到溫暖的陽光照在自己的皮膚上，她看到草地、樹林和人類的建築物，也聽到小鳥的鳴唱。艾米爾為她介紹自己的愛犬，還帶她去看在牧場玩耍的皇家馬隊。過程中，艾米爾不斷與她聊天，這是麗奇此生度過最棒的午後了，她真捨不得結束。

艾米爾似乎也不想就這麼結束，當太陽開始西沉，他邀麗奇共進晚餐。吃完飯，他問麗奇想不想在皇宮裡，擁有一間自己的房間，從那晚之後，麗奇便在皇宮住了下來。她雖然無法說話，卻和艾米爾變得愈來愈親近。麗奇有時會

思念她的家人，但她發現自己一點也不想念在海裡的生活。

有一天，麗奇發現艾米爾看起來很緊張。「我父母說，我不該再一心只想著旅行。」他告訴麗奇：「我必須迎娶別國的公主。」麗奇覺得自己的心沉了到腳底，她對艾米爾搖著頭，淚水開始在她臉上滑落。

艾米爾為她擦去一滴淚珠，「我正希望你也是反對的。」他喃喃說：「因為我告訴父王跟母后，我無法娶那位公主，畢竟我已經找到了我的靈魂伴侶。」

艾米爾靠過來親吻麗奇，兩人分開時，彷彿有人往麗奇的喉嚨灌下清涼的飲料，她覺得自己或許可以再發出聲音了。麗奇深吸一口氣，然後開口說：「艾米爾，我的名字叫『麗奇』。」

艾米爾開心的驚呼：「你會說話！」。麗奇習慣的點點頭，然後哈哈大笑說：「是啊，我會說話！」她把自己如何來到這裡的事，全都告訴了艾米爾。

最後，艾米爾目瞪口呆的對她說：「你這麼做全都是為了我？」

麗奇聳聳肩，點著頭說：「算是吧。」

「假如我們結了婚，就能選擇要當人魚還是當人類嗎？」艾米爾問。

「魔法是這麼規定的。」麗奇說。

他們再度接吻，但這次麗奇卻覺得……怪怪的。她抽開身，看到艾米爾的表情也不太對勁。

「麗奇，我不想──我是說，如果你希望，我們可以結婚。只是吻你的感覺……就好像在親我自己的妹妹。」艾米爾說。

「沒錯！」麗奇大喊說：「我相信我愛你，可是……」

「你是我最知心的朋友。」艾米爾說：「當然，你很漂亮又勇敢，你是我最珍惜的人……」

「但我們並不一定要結婚。」麗奇堅定的說。

艾米爾一臉擔心，「可是麗奇，如果我們不結婚，你就等於放棄了一切——永遠放棄——而且毫無所獲。」

麗奇回想起她和艾米爾在一起的時光，以及所有神奇的經歷。「我沒有關係的。」她咧嘴一笑，「我以為我愛的是你，但我發現，我愛的其實是陸地上的生活！這是一場最美妙的冒險，而且我還有很多很多東西要看！」

於是，麗奇展開了自己的新生活。艾米爾請她擔任他帆船隊的隊長，「沒有人比你更了解海洋了。」他說：「你可以帶領我們的船穿越最危險的海域，我們每次的航行，都要以發現新的陸地做為結尾。」

麗奇很快便闖出名號，成為船隊有史以來最厲害的上將。她對海洋瞭若指掌，其他水手還為她取了個「美人魚」的綽號。每次麗奇聽到這個稱號，都會跟艾米爾互望一眼，彼此會心一笑。

而只要麗奇想念家人，她便會等日落之後，躡手躡腳的走到沙灘，然後像海豹似的靜靜滑入水中，游去與家人團聚。不過，最後她總是會返回陸上，回歸她所熱愛的探險生活。

巨人公主桂瑪萊

改編自艾西・史派賽・埃爾斯＊的《巴西巨人的故事》

（ *Tales of Giants from Brazil* by Elsie Spicer Eells）

＊艾西・史派賽・埃爾斯(1880-1963)，美國民俗研究者及作家，
透過口述採訪，為巴西等地保留、出版了許多珍貴的民間傳說集。

在過去，曾一位巨人公主名叫「桂瑪萊」，她與父母——也就是巨人國的國王與皇后——一起住在宏偉的皇宮中。他們的身材異常高大，國王站立時，頭幾乎都快碰到雲層了，女兒桂瑪萊公主當然也沒有嬌小到哪去。

巨人國離人類的國度非常遠，中間還隔著一道高牆。儘管如此，桂瑪萊還是很渴望能交到新的人類朋友、聽一聽新的故事，因為已經很多年沒有人類來到巨人國的皇宮了，父王和母后說的故事，桂瑪萊已經聽過不下一千遍了。

有一天，一位喜愛冒險、名叫「約翰」的人類王子，在出外打獵時迷路，不小心闖入了巨人國。桂瑪萊的父王找到了王子，對他的勇敢留下深刻的印象——因為約翰見到他時，並沒有在他面前瑟瑟發抖。國王邀請他住進皇宮裡，當他們的僕人。約翰王子覺得住到巨人國會是一場很棒的冒險，便欣然接受國王的提議，搬進了巨大的巨人皇宮裡。

桂瑪萊公主好高興能有新的同伴，一開始，她只是單純享受聽約翰王子講故事，但不久之後，她便愛上了這名矮小的男子，而王子也愛上她了。他們知道他們來自非常不同的國度，但兩人對彼此發誓，他們的愛將克服一切。

　　然而，當他們將彼此的心意告訴桂瑪萊的父母時，國王很不高興；雖然他覺得約翰是個正直的人，但還是希望自己能有位巨人女婿。於是他開始思考對策，想甩掉約翰這個麻煩。

　　隔天，他將約翰找來，「小伙子，」他大聲說：「其他僕人告訴我，你一直吹噓自己能在一夕之間拆掉我的皇宮，並在黎明前再將它重新蓋好。」

　　約翰聽得一頭霧水，「我從未說過這種話，陛下。」他客氣的說，國王卻嗤之以鼻，「可惜了，如果你能辦到，我會更加尊敬你，甚至會歡迎你做我的女婿。」

　　後來約翰把國王所說的話告訴桂瑪萊，她呵呵笑說：「原來父王想玩這種遊戲？」她說：「約翰，別擔心，我有法力可以幫你做到，讓父王大吃一驚。」

　　約翰心存狐疑，他從沒見過他的愛人有什麼法力。那天晚上，桂瑪萊拉起約翰的手，將他帶到外頭，桂瑪萊施用法力，竟然真的把整座皇宮拆得只剩下一堆瓦礫，而那時正在床上睡覺的國王、王后和他們所有僕人，則都睡在瓦礫四周。眾人揉著眼睛、睡眼惺忪的坐起來時，桂瑪萊趁機躲到一片樹林後，透過約翰繼續施法，讓約翰看起來真的像在獨力重建皇宮。

　　破曉時分，約翰將最後一片屋瓦擺回定處後，轉過身去面對國王，他小心翼翼的彎身行禮，以免從屋頂摔下去。「皇宮跟以前一模一樣了，國王陛下。」他說。

　　「嗯。」國王回答。雖然他親眼目睹了重建的過程，但他確信他女兒必定涉入其中。「可是你在拆建皇宮時，我的其他僕人

又告訴我，你曾經誇下海口說你只需要一個晚上，就能把野獸島變成一座美麗的花園。」

「我沒說過那種話呀，陛下。」約翰堅持說。巨人國王挑起一邊眉毛，不以為意的走開了。

桂瑪萊從藏身處溜了出來，「把野獸島變成美麗的花園，一定很有意思！」她難掩興奮的說。

當天晚上，約翰和桂瑪萊偷溜出去，坐船來到野獸島。島上都是長滿節瘤的樹、有毒的花和許多怪物，但桂瑪萊很快就把整座島變成了一座最美麗的天堂。他們兩人在鮮花滿開的草地上跳著舞，直到太陽開始升起。

國王在黎明時抵達野獸島，看見約翰獨自站在一片完美的花園中央，一旁還有漂亮的銀色噴泉。雖然桂瑪萊躲起來了，但國王敢打包票，這件事一定跟他女兒有關。他非常生氣，

「你竟敢騙我？」他吼道：「你會後悔的，約翰！」

接下來一整天，巨人國王都在發脾氣，他怒氣沖天的破壞了森林和群山。桂瑪萊從自己的寢室窗口看著父親，擔心著她人類小王子的安危，「約翰，我想我們該離開了。」

晚上，桂瑪萊從房間溜出來，跑到馬廄。約翰已為最好的駿馬安上馬鞍，這匹馬一步能跑五百五十公里。兩人於是騎上馬，一起逃走了。

第二天早上，國王醒來後，發現桂瑪萊和約翰已經離開，而且還騎走了他馬廄裡最棒的馬兒。「那個惡劣的人類！」他大喊：「我該怎麼辦？」

「你冷靜點，親愛的。」他的王后說：「只要騎上另一匹一步能跨出五百五十公里的馬，趕緊出發，你很快就能追上他們的。」

「你說得對，親愛的。」國王隨即按照王后的話出發了。

同時間，桂瑪萊和約翰因為累了而停下來歇息。當桂瑪萊聽到急促的蹄聲追近時，便站起來瞇眼看，「是我父親！」她大喊：「我們得躲起來，快！」

她用魔法將約翰變成一名老人，把馬化成一棵樹，馬鞍變做一片洋蔥田，把他們攜帶的槍變成一隻蝴蝶，最後再把自己則化成一條小河。

國王追來到河邊時都要昏倒了，他發誓剛才還看到女兒跟約翰坐在這兒。他轉身問河邊的老人：「你有沒有瞧見一名矮小的人類男子，和一名漂亮的巨人女子？」老人搖搖頭說：「沒有，我沒看到。話說這些洋蔥是我種的，是不是很棒呀？」

國王看著那片洋蔥，皺起鼻子。洋蔥味道太重了，他不想接近。當國王慢慢走開時，一隻蝴蝶直朝他的眼睛飛過去，他一邊縮頭避開，一邊揮著手。他再次環視四周，根本看不到桂瑪萊和約翰，只好哀聲嘆氣的回家了。

他跟王后描述這次經歷時，王后翻了翻白眼，兩手往腰上一插。「你這個

蠢巨人！看到我們女兒的魔法，你總該辨別得出來吧？她把自己變成小河了，那棵樹一定就是馬，洋蔥是馬鞍，還有那隻蝴蝶其實是把槍。我敢拿我的皇冠打賭，跟你說話的那個老頭，肯定就是約翰王子。」

國王的手往桌子上一拍，「他們竟敢又騙我！」

「你太好對付了。」他妻子喃喃說：「下次我陪你去，這樣就不會那麼容易被蒙混過去了。」

果然，這次國王和王后追上這對戀人的速度比之前更快，桂瑪萊的母親看破了她所有手段。巨人國的邊界就在眼前，但桂瑪萊擔心他們恐怕到不了了。

就在父親伸手要抓住她時，桂瑪萊使出最後一招：她朝父母的眼睛撒了一把魔法粉，四周立即陷入一片漆黑。她接著抱起約翰，翻過圍牆，跑進人類的國度。他們拔腿狂奔，穿過森林，約翰指引著桂瑪萊跑向他的皇宮。等他們深入人類領地，確定巨人國王與王后不再追來後，才終於停下喘息。

「現在我們必須找個地方安身，」約翰王子說：「我的皇宮對人類來說是很大，但恐怕還是無法讓你住下，親愛的。」

桂瑪萊努力思索，她想與心愛的人廝守，也知道她擁有能將自己變成人類大小法力，然而她並不想因此改變自己。「你說，你的皇宮對人類來說很大，是吧？」她問。

「沒錯，簡直大到沒有必要。」約翰說。

「那我們何不做『大一號』的人類？」桂瑪萊眼睛炯炯有神的說。她施展魔法，把自己變得小一些，再把約翰變得大一點，「行了！這下子我們應該很適合你的大皇宮。而且我們還是同樣大小喔！」桂瑪萊咧嘴笑說。

多虧桂瑪萊的機智和魔法，這對戀人這下終於能自由的在人類的國度展開新生活了。他們跟其他人有點不同，但他們並不在意——因為他們擁有彼此。

少女與獵鷹

改編自亞利山大・阿凡納謝夫*的《獵鷹菲尼斯特的羽毛》
（ *The Feather of Finist the Falcon* by Alexander Afanasyev ）

＊亞利山大・阿凡納謝夫(1826-1871)，俄羅斯民族誌學者，
出版近六百篇俄羅斯童話及民間故事。

很久很久以前，在俄羅斯有位名叫「愛羅諾詩卡」的少女，跟她的父親和兩位姊姊同住。他們家並不富裕，為了孩子溫飽，商人父親辛勤的工作，但日子還是過得相當辛苦。

有一天，父親要到當地的市集做生意，希望能做到好交易，多賺一些錢，給女孩們買些什麼。他問三個女兒想要什麼，大姊齊亞說要一件新衣服，二姊狄娜拉想要一條漂亮的披肩，而最小的愛羅諾詩卡左思右想，其實她真正想要的是擺脫他們貧困的生活……而她覺得自己知道該怎麼做。

「父親，我想要獵鷹菲尼斯特身上的一根羽毛。」愛羅諾詩卡說。

父親皺起眉頭。他聽說過這隻巨鷹，人們常見到牠在森林和田野上遨遊，但他不懂女兒為什麼想要獵鷹的羽毛。

齊亞和狄娜拉大聲嘲笑著她，但愛羅諾詩卡只管自顧自的笑著，因為她知

道一件姊姊們不知道的事：她聽說，獵鷹菲尼斯特其實是鄰國的王子，他可以隨意幻化身形。她希望能藉由羽毛找到王子，請他帶她飛離這個小村子，展開新的生活。

父親在市集上賣掉許多物品，他為齊亞買了件漂亮洋裝，為狄娜拉買了條非常雅緻的披肩。然後他看到獵鷹從他頭頂的天空飛掠而過，於是悄悄跟蹤了好一段時間，最後在獵鷹落地休息時，悄悄溜上去，從尾巴上拔下一根羽毛。

三個女兒都很喜歡她們的禮物，兩個姊姊穿上新衣服，在房子裡轉著圈子。愛羅諾詩卡則把羽毛拿到自己樓上的房間，擺在窗臺上。她希望菲尼斯特飛到房子上方時，會注意到自己的羽毛，然後飛過來跟她要回去。

那天晚上，菲尼斯特果真從愛羅諾詩卡房間的窗戶飛了進來，化成人形。他的帥氣模樣，讓愛羅諾詩卡吃驚到無法呼吸，把原本想要問的事情忘得一乾二淨；她現在一心只想跟菲尼斯特共度時光。

一連好幾晚，菲尼斯特都飛來了，他還承諾愛羅諾詩卡要教她飛行。兩人聊個不停，深深愛上對方。「心愛的，假如有天晚上我沒來，你就來找我。」菲尼斯特說：「踏破三雙鐵靴，你便能找到我了。」愛羅諾詩卡答應了他。

愛羅諾詩卡沒告訴姊姊們菲尼斯特的事，她知道姊姊們若是知道，一定會因為嫉妒，千方百計要逼他們分手。因此，每當菲尼斯特送她精美的禮物時，愛羅諾詩卡就把禮物藏到床底下。

但姊姊們終究還是起了疑心，她們發現愛羅諾詩卡莫名洋溢著幸福，同時又似乎十分疲憊。當她們夜裡試圖溜進她房裡、探個究竟時，卻發現門鎖住了，而且還聽到房間裡有男子的聲音。

「父親，愛羅諾詩卡在夜裡私會男朋友。」她們告訴父親說。

父親哈哈大笑，「別傻了，孩子們，這實在太荒謬了。」

可是齊亞與狄娜拉不死心，她們在白天溜到妹妹的房間，發現了那些放在床底下的禮物。

「他一定是從窗戶爬進來的。」齊亞說。「我們在窗框上裝刀子，」狄娜拉說：「如果今晚我們聽到男人的哀號，就錯不了了。」

她們偷偷裝上刀子，等候黑夜降臨，在晚上愛羅諾詩卡準備回房間時，故意拖住她。

菲尼斯特抵達時，果真被利刃割傷了。當下愛羅諾詩卡不在房裡，他認定自己被背叛，便渾身淌血的逃開，消失在黑夜裡。

等愛羅諾詩卡好不容易進到房間，卻發現窗戶上沾著血的刀子，她立刻明白姊姊們幹了什麼好事。「你們怎麼可以這樣？」她怒不可抑，「只因為你們沒有戀人，就把我的情人趕走。我再也不認你們做姊姊了。」

愛羅諾詩卡枯守了好幾個夜晚，等待菲尼斯特回來，但他都沒有出現。她知道自己必須按他所說的去做，於是跑去村子裡，用自己的冬靴換來一雙沉重的鐵靴，然後踏上旅途，朝菲尼斯特平時飛來的方向走去。

穿著鐵靴走起來困難重重，

愛羅諾詩卡費力的拖著腳，才走了幾步就氣喘吁吁。但她知道她必須找到菲尼斯特，把真相告訴他。

愛羅諾詩卡走了好遠好遠，直到進入一片黑漆漆的魔法森林裡，她訝異的看到鐵靴漸漸生鏽了。就在她穿破第一雙靴子時，她看到了森林女巫「芭芭雅嘎」的小屋。芭芭雅嘎的屋子非常好認，因為它有著一雙巨大的、跟雞一樣的腳，還會在森林裡四處走動、發出噪音。當愛羅諾詩卡走近時，芭芭雅嘎打開屋門歡迎她。

「親愛的孩子，你要去哪兒？我能幫你什麼忙嗎？」好心的芭芭雅嘎問。

愛羅諾詩卡把自己的任務告訴女巫。

「你確實走對方向了。」芭芭雅嘎說：「可是你還有很長一段路要走。」女巫給了她一些食物、一雙新鐵靴和一個銀製的旋輪後，送她繼續上路。

愛羅諾詩卡走了又走，攀上樹林茂密的山區、穿過波光粼粼的湖泊，在踏破第二雙鐵靴時，來到另一位芭芭雅嘎的屋子。這位森林女巫也跟她說，她走對了方向，還給了她一些可口的湯喝，送她新的鐵靴和一顆金蛋，並送她再次上路。

愛羅諾詩卡持續前行，越過陰幽的山谷、橫渡陽光斑駁的沼澤，直到磨破了第三雙靴子，才終於抵達森林的邊境，在那裡，有另一間芭芭雅嘎的屋子。這位芭芭雅嘎告訴愛羅諾詩卡，她就快要到了。

「菲尼斯特王子的城堡就在那邊，不過你得快點，聽說他明天就要迎娶一名公主了。城堡裡要舉行盛大的慶祝舞會，所有人都收到了邀請。」

女巫在愛羅諾詩卡手裡，塞了一根會自行縫線的魔法針，接著送她上路。

愛羅諾詩卡抵達城堡後，要求見菲尼斯特王子一面，守衛卻告訴她王子外出打獵了，稍後才會回來。愛羅諾詩卡打算等他，可是消息卻傳到了那位公主

耳裡，說外頭有個漂亮女生要求見菲尼斯特。

公主跑去找愛羅諾詩卡，「你想找我未婚夫做什麼？」愛羅諾詩卡決定老實相告，便把整個事情的來龍去脈告訴公主。公主交疊著雙手，「所以，你是來這裡把他從我身邊偷走的？哈，我才不會讓你接近他呢。」

愛羅諾詩卡垂著頭，「我從來沒有機會說再見，他一定認為我背叛他了。拜託，能讓我今晚見見他嗎？我想跟他道別，讓他知道傷害他的人並不是我。我可以把這些禮物送你。」她拿出所有芭芭雅嘎送她的珍貴禮品。

「好吧，」公主說：「你就在那個房間等著，時候到了我會叫你。」公主取走神奇寶物後走開了，一個人偷偷的笑著。她跑去見住在城堡裡的老女巫，請女巫設法讓菲尼斯特陷入深眠，除非她願意，否則王子無法甦醒。如此一來，討厭的愛羅諾詩卡就不能奪走她的王子了。

老女巫給了公主一根魔法別針，「把這個別到王子頭髮上，他就會沉沉睡去，直到移走別針才會醒來。」

公主等著王子飛行歸來，他一到，公主便讓他到舒服的沙發上休息，然後悄悄把別針別上他的頭髮，王子很快就陷入了熟睡。

公主帶愛羅諾詩卡進到王子房間，「你可以跟他待到黎明。」她露出殘忍的笑容。可憐的愛羅諾詩卡，她不理解菲尼斯特為什麼醒不來，她試了所有方法，想將他喚醒。「他是被施咒睡著的。」她最後大聲說：「我被公主騙了！」

她輕輕撫摸著菲尼斯特的頭髮，想起他們那些無話不談的長夜，摸著摸著，別針從菲尼斯特髮中掉落，他一下就驚醒了。「愛羅諾詩卡？你在這裡做什麼？」他驚訝的問。

愛羅諾詩卡於是向他解釋了一切：她姊姊們做了什麼、自己是怎麼走過那漫長的路程，最後又是如何跟公主換得與他共處的一夜。菲尼斯特聽完一臉怒

容，「她竟然為了一些魔法之物出賣我？而你，親愛的愛羅諾詩卡，卻越過千山萬水來找我。你才是我在找的真愛，請問你願意嫁給我嗎？」

「當然願意！」愛羅諾詩卡大聲說。

隔天，城堡裡果然舉辦了婚禮，不過並不是國民原本所期待的那場婚禮。

他們兩人結婚後，過著幸福快樂的日子——愛羅諾詩卡也很快就學會如何變成獵鷹。她和菲尼斯特會一起飛行，而每次經過芭芭雅嘎的小屋時，愛羅諾詩卡便會往下發出叫聲，向森林女巫表示感激。

披著驢皮的女孩

改編自夏爾・貝洛*的〈驢皮公主〉

(*Donkeyskin* by Charles Perrault)

*夏爾・貝洛(1628-1703)，法國作家與詩人，
以《鵝媽媽的故事》聞名，被視為現代童話的奠基者。

以前，在法國住著一位「席琳」的美麗女孩，她熱愛烤蛋糕，經過許多年的努力之後，她終於找到夢寐以求的職位：在國王與皇后的皇家廚房裡工作。

在離廚房不遠的地方，是皇宮中的畜棚，那裡養著一頭魔法驢子。這頭驢子的名氣全國都知道，因為牠能把任何物品變成金子。席琳很喜歡這頭驢，每回廚房忙完、能稍微休息時，她就會跑去看看驢子，拍拍牠。

席琳在皇宮工作不久後，皇后去世了。舉國都在哀悼，因為皇后深受大家的愛戴——事實上，皇后比她丈夫更受人民喜愛。皇后去世後，國王性情丕變，變得殘酷無情且十分惡毒。幾個月後，國王決定再婚，他宣稱新妻子的一切都會比前任皇后更優秀，她將會更漂亮、更有才氣，也會更受人民喜愛。

有一天，國王在皇宮裡走動，來到了廚房。他一眼便瞧見席琳，雖然她穿著髒兮兮的圍裙，頭髮凌亂，鼻子上還沾了麵粉，但國王還是看出了席琳的美

貌，於是他下定決心，席琳就是他要娶的女人。當國王向席琳求婚時，她簡直嚇壞了。但席琳也很清楚，自己若是拒絕國王，很可能就會被開除。

面對國王向她求婚，席琳要求能否讓她考慮一個晚上，國王同意了。那晚席琳輾轉難眠，猶豫不定，她在廚房裡來回踱著步子，想烤個蛋糕讓自己平靜下來，可是沒有用，她的腳步變得更急了。接著她烤了一些餅乾，想讓自己思慮能夠清楚一些，但也沒有效。就在她打蛋白要做蛋白酥皮時，啵一聲巨響，她的神仙教母突然現身在廚房裡。

「你在煩惱什麼嗎，席琳？」神仙教母挑起一邊眉毛問。她非常了解她的孩子，每當席琳她有憂煩的事，就會徹夜烘焙。

席琳於是完整解釋了事件的始末，「求求您了，神仙教母，我該怎麼做？我不能嫁給國王呀。」

神仙教母笑了笑，「別擔心，親愛的，答案很簡單，就說你願意嫁給他，但有一個條件，他得送你這些東西：一件如陽光般燦爛的禮服，一件如月亮般閃耀的衣服，和一件能像夕陽般變幻的衣裳。」

「怎麼可能會有那種衣服？」席琳困惑的說：「首先，世界上根本沒有什麼能跟太陽一樣燦爛。」

「沒錯！既然他無法給你這樣的衣服，你就有理由拒絕嫁給他了。」

翌日早晨，席琳去見國王，跟他提出了自己的要求。國王皺了一會兒眉頭，接著嘴角卻彎成一抹怪笑，令席琳不寒而慄。「就這麼說定了，我會弄出比那更棒的衣服，以證明我對你的愛——就算要犧牲我最珍貴的東西。」

那天晚上、席琳回到自己的寢室時，三件絕美的禮服已經等著她了：一件燦如太陽，一件光如明月，還有一件變幻如夕陽。而在這幾件衣服旁邊，躺著魔法驢子的皮。

「不，我可憐的驢子。」席琳哭了起來。她衝到樓下廚房，努力思索著。這回神仙教母出現時，她身邊已經擺滿成堆的巧克力杯子蛋糕和餅乾了。「您的計畫不管用。」席琳一邊打著蛋，一邊喘著氣，「現在我非嫁給他不可了！」

「冷靜點！」神仙教母說：「我們還沒有完全失敗。魔法驢皮會是很棒的偽裝，你趕快回房間去，披上驢皮，然後逃離皇宮。」

「可是我的蛋糕、我的工作呢？」席琳哀號著。

「世上還有很多地方可以讓你盡情烘焙，」神仙教母向她承諾：「我一定

會讓你找到那種地方。」

於是席琳偷偷溜回房間，披上驢皮，將漂亮的禮服裝進袋子裡，離開了皇宮。她盡可能跑得遠遠的，把自己喬裝成老乞婆，最後終於來到一個新國度。席琳往皇宮走去，雖然主廚房沒有職缺，但那裡的皇家農場正好缺一名廚師。

「不過你先把自己打理得乾淨些。」那裡的農夫聞到驢皮的氣味，皺著鼻子說。

席琳拼命工作，用她烘製的美味蛋糕，收服了農場裡所有人的胃。她不敢讓任何人看到她的美貌，因此繼續用驢皮喬裝自己。

有一天，皇宮主廚房的廚師生病了，所有僕人都非常擔心，因為那天是王子的生日，但他們卻連生日蛋糕都還沒張羅！他們派人到宮裡四處傳話，若有人懂得烘焙，就到主廚房裡報到。

農場工人有志一同的說：「驢皮女孩烤的蛋糕可好吃了！選她吧！」

當僕從領班看到席琳時，他皺起鼻子說：「可是她長得好醜，還髒兮兮的，一定烤不出什麼好吃的東西！」

「她的蛋糕是最好吃的。」農場工人們堅持，於是席琳被帶到了偌大的主廚房，這裡比待過的皇家廚房還要寬敞，讓她興奮極了，發誓要做出最棒的蛋糕。

席琳做出的蛋糕非常巨大，而且每一層都是不同的口味：巧克力、香草、咖啡、太妃糖、草莓、檸檬、橘子，以及其他幾十種味道，上頭還裝飾著數百個螺旋狀的糖霜圈，就像彩虹一樣美麗。

領班不肯讓披著髒臭驢皮的席琳，把蛋糕送入王子房裡，因此她只能站在門口往裡頭窺望。當蛋糕被擺到王子面前時，朝臣們都驚呼出聲，拍手鼓掌。

王子為在場每個人切了蛋糕。「這是我吃過最好吃的蛋糕！」他大喊說。

席琳感到非常自豪，忍不住在門外開心的跳起舞來。想不到王子邊吃蛋糕邊皺起眉頭，他伸手到口中，拉出一枚銀戒指。

席琳低頭一看，驚恐的發現自己手指上的銀戒不見了！原來她的戒指不小心掉進蛋糕的麵糊裡了！席琳雙手抱著頭，心想這下她休想進主廚房工作了。

「我將與能剛好套上這枚戒指的女子結婚。」王子宣布說：「因為是她為了我做出了這個的完美蛋糕。」

突然，許多宮女開始假裝蛋糕是自己烤的，幾名女僕也闖進來想搶走功勞，但戒指跟她們所有人都不合。

席琳不確定她是否該跟王子坦承，自己就是烤蛋糕的人。她只想烘焙，並不想找丈夫！可是她還來不及開溜，領班就已經抓住她的手，將她拖到房間中央，「王子殿下，這位——呃，女士，就是為您烘蛋糕的人。」

所有人轉頭望著席琳，她看到所有富裕的宮廷人士，對她沾滿麵粉的雙手以及身上披的驢皮，露出嫌惡的表情。可是當她看向王子時，王子卻一副很著迷的樣子。他遞出戒指，「這可是你的戒指？」

席琳不情願的伸出手，王子把戒指套到她指上，大小剛剛好。

王子對她微微一笑，「既然這樣，你願意嫁給我嗎？」

席琳指了指身上的驢皮，「殿下，我是個穿著骯髒獸皮的卑賤僕人，並不

適合嫁給高貴的王子。」

王子揮揮手，「你的穿著只是外表，而且當僕人是份很好的差事，這些我都不在乎。能烤出那樣充滿愛的美味蛋糕，一定是內在最美麗的人，而我就是想娶那樣的人。」

王子這番溫柔的話語，令席琳十分感動，「殿下，您實在太善良了。雖然我還沒準備好要結婚，可是如果您如此中意我，不知我能否問您一件事？」

「任何事都行！」王子說。

「能否讓我在皇宮主廚房工作？」席琳問：「我真的只想烤蛋糕而已。」

「沒問題！」王子表示。

興奮不已的席琳終於脫下驢皮，看見她的年輕貌美，所有大臣無不震驚。

從那天起，皇宮廚房裡的每個蛋糕，都出自席琳的手，她的烘焙手藝成了國家的傳奇。王子也每天都會到主廚房來拜訪她——並品嘗她的蛋糕——最後，經過好幾年的交往後，王子再次向她求婚。

這次席琳同意了，但有一個條件——她永遠不會放棄烘焙！

女中豪傑花木蘭

改編自中國北朝民歌〈木蘭辭〉*

*〈木蘭辭〉描述一位女扮男裝、代父從軍的女戰士，
為後世流傳的「花木蘭」原型。

很久以前，中國北方有個叫「花木蘭」的女孩，跟父母及弟弟住在一起。她對父母很孝順，做為長女，總是盡量分擔家事和農務。

有一天，每戶人家都收到了徵兵令。當時國家必須抵禦北方外族侵略，各家戶都得派出一名壯丁參戰；如果家中有適齡的兒子，就由兒子出征，否則便會徵召父親參戰。

木蘭的父親顫抖著手，大聲朗讀信件。木蘭滿心憂慮。父親身體不好，連種田的力氣都不夠了，更別說去打仗。她跪在父親面前，拉起父親的手，「父親，您別擔心，我去跟軍隊的長官報告您的情況，請求免除您的兵役。」

「謝謝你，孩子，但願如此。」木蘭的父親閉上眼，舒了一口氣。

但木蘭知道軍隊不可能大發慈悲，已經有太多又老又病的男子硬被拖上戰場──木蘭暗自發誓，絕不讓這種事發生在父親身上。

　　兩天後，在父親必須向軍隊報到的那天清晨，木蘭趁天亮前提早起身，穿上男裝，把頭髮梳成男孩的模樣，拿起父親的武器——一把傳統大刀，悄悄溜出家門，到村子裡候著。

　　不久，大軍浩浩蕩蕩進了村子，在隊伍最前方騎馬領軍的，正是驍勇善戰的杜江將軍。他一路招兵買馬，率軍前往北方邊境迎敵。

　　在杜江身旁的是他的女兒，仙孃。仙孃在軍中絕對是個異類，因為她也是一位戰士，而且明明是女兒身，卻跟男人一樣強悍。

　　仙孃一眼看見站在路旁等候的木蘭，便指著她說：「瞧，父親，那兒有位戰士，看來挺強壯精幹的。」

　　「他們會發現我是喬裝的嗎？」木蘭好擔心。

　　仙孃上下仔細打量木蘭，終於示意木蘭加入步兵隊伍的最尾端。

　　行軍路上，木蘭一直低著頭，不跟兩旁的士兵說話。太陽下山後，大夥停下來紮營，木蘭為自己該睡哪裡而苦惱不已，深怕她的祕密會被發現。

　　這時，仙孃出現在她身邊，「隨我來吧，小伙子。」她們來到仙孃的私人營帳裡，這位公主戰士再次盯著木蘭，「士兵，你以前打過仗嗎？」

　　「沒有。」木蘭老實承認說。

　　「騎過馬嗎？」仙孃咄咄逼人的問。

「沒有。」

「那你為何來參戰？」

木蘭試圖壓低自己的嗓音，說：「我父親病了。」

仙孃傾身靠近，目光掃視著木蘭的臉，「你有兄弟姊妹嗎？」

「我有個弟弟，但是年紀還小，不能從軍。」

「你喜歡當姊姊嗎？」

「喜歡。」話一脫口而出，木蘭就發現糟糕了，驚恐的用手摀住嘴巴。

「哈！」仙孃大喊一聲：「我就知道！你跟我一樣是女戰士！」她興奮的對木蘭挑了挑眉：「別擔心，我會幫你保密的。」

「我不是女戰士，」木蘭說：「我不會打仗，這是實話。」

仙孃眼中閃著光，「那麼，我會親自訓練你，在迎戰敵人之前，我們還有一些時間。」從那一刻起，她們倆就情同姊妹，仙孃每天嚴格的訓練木蘭，木蘭的武術日漸進步，學會了如何耍刀和策馬奔騰，很快她便與其他戰士實力相當，甚至開始超越他們了。

　　迎敵的時刻終於到來，眾人抵達戰場，看到來自北方的侵略者，遠遠列隊在前方山頭，木蘭緊張得心臟都快跳到嘴裡了。這場戰役打得天昏地暗，木蘭片刻不停的戰鬥，有時她與仙孃背對而立，同時對戰十個人，兩個女生利用自己嬌小的個頭，在壯漢之間穿梭閃躲著。終於，他們逼得敵軍不斷後退，直到太陽下山才鳴金收兵。木蘭和仙孃回到營地，對首日的戰果頗為滿意。

　　往後幾天的戰況與第一天一樣，漫長而艱辛，但杜江的部隊逐漸占上風，最終更打贏了關鍵一役，成功擊退敵軍。戰績顯赫的木蘭和仙孃成為部隊裡最厲害的戰士，她們的名聲傳開來，連皇帝與太后都親自駕臨前線，要好好獎賞杜江與他兩位傑出的戰士。

　　這天晚上，木蘭在睡夢中被怒吼聲吵醒，她火速握住自己的刀子，跳起來準備戰鬥，仙孃就在她身邊。木蘭心想：「是敵軍入侵嗎？」外面的叫聲愈來愈近，木蘭掀起營帳查看，竟然是杜江被押解回營。

　　「我們發現杜將軍放走了今天捉到的一批俘虜！」一名士兵氣憤的扯著嗓門說：「他背叛了我們！」

　　「父親，告訴我這不是真的！」仙孃哀求說。

　　杜江被拖到皇帝的帳篷旁，金色與大紅色的絲幔沙沙飄動。皇帝從帳子裡走了出來。「杜江，」皇帝說，他的聲音宏亮而低沉，「此話可當真？」

　　杜江渾身發抖的說：「是的，陛下。如今我們已成功擊退敵軍，今天被俘的人，只不過是與自己部族走散的老弱婦孺，以及遍體鱗傷的傷兵，實在無須再趕盡殺絕。」

　　「但無論如何，你身為將軍，這麼做只會被外族視為軟弱，傳到其他還在奮戰的部隊耳裡，士氣難道不會受到打擊嗎？」皇帝難過的說：「為了穩定軍心，給大家一個交代，我必須讓你償命。太可惜了，你是我們精銳部隊的將

軍，還擁有兩名最厲害的戰士，為何不珍惜大家苦戰的成果？」

傷心欲絕的仙孃發出一聲哀號就跑開了，木蘭趕緊追上她的朋友。仙孃說：「父親心地仁厚，卻不該擅自行動，我實在很難幫他脫罪。然而，無論如何，我都不能讓父親受死。」

「別擔心，」木蘭安慰她說：「我有辦法。」

第二天早晨，部隊結集起來觀刑，木蘭和仙孃也從營帳走了出來。兩人都穿上女裝、梳著女生的髮型，口中各咬一把刀，默默走著。她們身後傳來驚呼：「我們兩位最厲害的戰士都是女的？」「怎麼可能？」

木蘭和仙孃一言不發，走向帳篷前的皇帝。杜江就跪在皇帝身旁，劊子手已經準備好，等著出手了。

「怎麼回事？」皇帝看見她們，困惑的問：「你們是何人？」

木蘭與仙孃跪在皇帝面前。木蘭取下口中的刀子，說：「陛下，我是木蘭。因為家父身體欠安，因此我裝扮成男生，代父從軍。我被仙孃選上，訓練成一流的戰士，我倆情同姊妹。雖然杜將軍犯了錯，但他釋放傷兵與老弱婦孺，並不至於對我軍造成傷害，相反的，反而會讓敵方都知道您是位善待弱者的皇帝，對我軍的抗拒心理也會減輕。而他的女兒仙孃是您手下最強的戰士之一，讓您的軍隊名揚四海。我又是仙孃調教出來的，等於我也因為杜將軍的緣故，才能成為一名好戰士。因此我們請求您，原諒杜將軍的一念之仁，他對國家確實是忠心耿耿的啊。」

皇帝挑起眉毛，「杜將軍擅自釋放敵人，你們卻還想求我饒他一命？」

仙孃取下口中的刀，「是的。」

皇帝打量兩人片刻，然後微微一笑。「你們兩人和杜將軍，對付強悍的敵人，可以比敵人更強悍；面對老弱傷殘，卻又寬大慈悲，這確實是真正的戰士

精神。」他看著四周聚集的人，揚聲說：「好吧。我軍勝利，杜將軍功勞很大，我是特地來獎勵他及有功戰士的。現在杜將軍犯了錯，應當受罰，就讓他功過相抵，不罰了。」

木蘭和仙孃高興極了！兩人謝過皇帝，仙孃便朝她父親奔去。

皇帝的母親素以睿智著稱，她在一旁仔細打量木蘭，她認為木蘭不僅是個好戰士，還懂得扶助弱者。「木蘭，你為了保護父親而從軍，也為了保護杜將軍而揭露自己的祕密，我要給你一些獎賞。」

當木蘭終於離開戰場回家時，她騎上太后賞的駿馬，行囊裡裝著太后給她的其他獎賞。木蘭英勇的事蹟早已傳開，甚至傳回了家鄉，只是當她的家人再見到她時，依然震驚不已，他們實在不敢相信這一切是真的！

月亮公主輝夜姬

改編自日本民間故事《竹取物語》

曾經，有一位人稱「輝夜姬」的公主，她可不是一般的公主，而是來自月亮上月宮的公主。月宮中滿是神奇好玩的事物，但輝夜姬卻得一直待在房間裡讀書。她的父王與母后總是教導她，公主不是隨便就能當的，她必須在長大之前，學會月宮所有的法律以及歷史，才能成為最好的皇后。

輝夜姬努力閱讀關於月亮的書籍，卻往往會不自覺望向窗外的地球。她覺得那顆又藍又綠、會轉動的球，既美麗又神祕，不知道住在那裡會是什麼樣子？一天晚上，她再也受不了只能張望與猜想，「我想親自去看個究竟，我想當地球上的人類！」

跳脫書本的實地學習，這將會是一場冒險，輝夜姬知道父母一定不會同意，於是決定趁他們忙著招待來訪的星辰大使時，偷偷從房間溜出去。她躡手躡腳走下金梯，來到月宮外頭。月亮的金光灑向地球，輝夜姬也懂得一點法

術，便乘著一束月光飛往地球，最後降落在日本的一片竹林中央。

　　輝夜姬不清楚人類的寶寶如何出生，因為在月宮裡，孩子的出生方式很不一樣。於是她把自己種到土裡，準備展開新的人類生活。

　　一會兒之後，一位膝下無子、名叫「竹取」的伐竹老翁路過，注意到有根竹子發出了金光。老翁很好奇是什麼原因讓竹子發亮，便將竹子剖開，結果發現有個跟他拇指一樣小的寶寶，那就是輝夜姬。竹取翁很高興能找到這樣可愛的小女孩，便把她帶回家給他老婆看，從此決定收養她。

　　輝夜姬慢慢長成了正常人類孩童的樣子。雖然她從未跟地球上的父母說明自己真正的來歷，但她非常愛他們，也盡可能的當個乖巧的女兒。老夫婦容許輝夜姬自己去探索的地方，例如當地的小鎮和竹林，她都玩得不亦樂乎。可是輝夜姬發現，即使在地球上，她也不能隨便愛去哪兒就去哪兒，還是得隨時小心翼翼低著頭，以免被自己在月亮上的父母瞧見。

許多年過去了，輝夜姬長成了一名亭亭玉立的美女，在全國享有盛名，許多年輕男子來到他們家，向輝夜姬求婚。

　　但輝夜姬對於嫁人一點興趣也沒有，因為就她所知，嫁了人，就表示會有更多的人來管她，告訴她哪裡可以去、哪裡不能去。不過，就在五位王公貴族陸續抵達，要求輝夜姬嫁給他們後，竹取翁懇求女兒至少考慮一下，因為他擔心那些貴族子弟，會在直接遭到拒絕後惱羞成怒。

　　「好吧，父親。」輝夜姬露出狡猾的眼神，「我會給他們各一次機會。」

　　翌日，她與公子們碰面，並要他們每個人送一項物品給她，但她知道那些東西根本不可能找得到。她請第一位公子帶給她傳說中，釋迦牟尼佛托缽用的碗。公子找不到這個碗，便買了一個昂貴的石碗，呈給輝夜姬。

　　「這個碗不會發出聖光；是冒牌貨！」輝夜姬驚呼說：「如果你肯誠實一點，我還有可能嫁給你。」她把第一位公子請走了。

　　她告訴第二位公子，請他到神祕的蓬萊島上，取回一根長滿寶石的枝子。公子於是拿了一根假的玉枝想騙過輝夜姬，卻被一眼看穿，一樣被請走了。

　　輝夜姬要求第三位公子，幫她找傳說中的火鼠裘。那位公子根本不想靠近火鼠，便送了她一件從商人那裡買來的袍子。輝夜姬哈哈笑著，便同樣讓他離開了。

　　輝夜姬接著請第四位公子取來一顆龍頸上的珠寶。公子很努力尋找，卻碰上一場史上最大的暴風雨，被迫從尋找龍穴的途中折返。

　　「就當我們兩人

沒有緣分吧。」輝夜姬咧嘴一笑，送第四位公子離開。

她請第五位公子去取燕子下的貝殼。公子到處都找不到這種東西，便氣沖沖的回他的皇宮去了。「反正我也不想嫁給這種壞脾氣的人。」輝夜姬說。

她和竹取翁一起哈哈大笑，所有貴公子都被她騙倒。

可是下一位前來提親的男子，卻跟所有之前那些公子不一樣——他正是日本天皇。輝夜姬打開門時，天皇為她的美貌和彷彿從內在散發的光芒而著迷。

「你就是輝夜姬嗎？」天皇問。

輝夜姬點點頭，她知道天皇是誰，不想顯得沒禮貌。「我就是。」

「啊，你就是那位殘酷的小姐本人，聽說你讓追求者去做些不可能的事，好在他們失敗時嘲笑他們。」

輝夜姬的眼神閃動著，「也許吧……」

天皇也笑了回去，「真有意思，我能請問一下原因嗎？」

「因為我不想結婚。」輝夜姬告訴他：「我寧可去到處探險，也不想跟丈夫待在家裡。」

天皇看起來若有所思，「原來如此。你知道嗎？其實我也不是很想結婚，但天皇應該要成婚才對。」他咯咯一笑，「事實上，那正是我來這裡的原因。我想，也許我可以騙朝臣說你拒絕我了，這樣我就不必非成婚不可了。」

輝夜姬突然想到一個很棒的點子，「我們何不一起去探險？大家會認為你真的想追求我，而我們兩個也可以有好一陣子，都不必受到別人打擾。」

「這點子太棒了！」天皇說：「你想去哪兒？」

「各個地方！」輝夜姬大喊說。

這趟旅程完全符合輝夜姬的期望，她終於能探訪她在月亮上看到的所有地方——各個大城市、大河和森林，還有最大的大山。

富士山是日本最高的山，他們站在山頂，輝夜姬望著腳底下遼闊的世界，天皇則抬頭看著月亮。「我們在這高處，離月亮好近。」天皇說：「我可以看清月亮每處凹凸不平的地方！」

　　突然間，他警戒的大喊：「是誰？怎麼回事？」

　　輝夜姬轉過身，看到她的親生父母和幾名護衛，從月宮乘著一束月亮朝他們而來。她知道他們一定是看見她了，畢竟她爬到了如此高的地方。輝夜姬迅速的轉向天皇，把自己的故事全都告訴了他。

　　天皇驚訝得張大嘴，「你是從月亮來的？」

　　「輝夜姬，該回家了。」她母親嚴厲的說：「我們都快擔心死了。」

　　「你是屬於月宮的。」她父親也說。

　　輝夜姬雖然難過，但她知道她父母說得沒錯。

　　「至少我想看的都看過了，謝謝你。」她對天皇說：「我們繼續當朋友吧，我會寫信給你，用月光送信下來。」

　　「那我要怎麼寫信給你？」天皇問。

　　「把你的信帶到這山頂來，將信燒掉。」輝夜姬說：「煙氣會向上飄到月亮，這樣我就會知道你在信上寫什麼了。」

　　之後輝夜姬走上月光，一邊往天上飄，一邊揮手跟她的朋友道別。

　　後來，輝夜姬和天皇經常彼此通信，日本國裡的每個人也都習慣看到富士山頂冒著煙，他們知道那是天皇和他最要好的朋友通信的方式。

　　輝夜姬明白自己屬於月宮，她很愛她的故鄉，但在她心裡永遠有個角落，專屬於她在地球上這場最美妙的冒險。